에르네스토, 내 친구
우리가 함께 꾸는 꿈, 우리가 함께 나누는
동지애로부터 새로운 영토가 돋아난다
그것이 인류의 본향이다
무한의 바람이 분다
무한의 사랑이 나를 흔들고 있다

— 시, 「☆」에서

체 게바라 만세

달아실어게인 시인선 01

체 게바라 만세

박정대 시집

달아실

이것은 펄럭이는 한 마리의 시

그것은 애도의 대상

저것은 무한의 바람

일러두기

이 시집의 맞춤법은 달아실출판사 및 국립국어원의 기준에 따랐으나 보조용언 및 합성명사의 띄어쓰기 등 일부는 저자의 의도에 따른 것입니다.

복간본 _ 시인의 말

거칠게 말을 달려 여기까지 왔다
말은 지치고, 허공엔 눈발이
눈발 사이로는 허공이 가득하다

검은 벨벳 옷을 입은 까마귀가 물고 온 이절의 어둠이다
어둠 속에서는 누군가 혁명처럼 담배 한 대를 피워 문다

호롱불처럼 돋아나는 저녁이 여기 있으니
혁명아, 한 사나흘 쉬었다 가자

2023년 3월, <이절에서의 눈송이낚시>에서

초판본 _ 시인의 말

시는 혁명이다

마찬가지로, 혁명은 꿈틀거리는 한 마리의 시

이 시집은 인터내셔널 포에트리 급진 오랑캐 밴드의 실황 공연이다

혁명적 인간이

시를 쓰고 공연을 한다

2014년 1월,

| 차례 |

그것은 애도의 대상

저것은 무한의 바람

이것은 펄럭이는 한 마리의 시

드니 라방의 산책로

오늘은 당인리 발전소까지
걸어가기로 한다

돌아오는 길
오랑캐 집들 헤아려보니
지상의 별자리처럼 흩어져 있다

정이네 집으로 갈까
옥이네 집은 멀고
준규 집은 강 건너, 피안이다

베를린 쪽으로 걷는 길은 심심하고
코케인에 들러 흑맥주나 한잔할까
빵 지나면 곱창인데
전골은 나중에 먹기로 하자

오늘은 서교성당 지나
다락방으로 고요히 귀환

아홉 번째 오늘의 마지막 스케줄은 뭘까

산책 너머엔 목책
목책 저 너머 밤하늘엔 속수무책
그렁그렁 청춘의 별들만 총총

혁명은 한 마리의 감정

나는 걸어가면서 파리 대평원을 흡혈하였다, 파리의 하수구는 그때 생겨났다

걸어가는 풍경들의 목덜미에 이빨을 박을 때마다 복사꽃 복사꽃이 피었다, 페르 라셰즈, 몽파르나스, 몽마르트르

생 라자르 역은 중국식당 옆에 있었다

중국식당은 작은 타박 옆에 타박은 복숭아나무 옆에 있었다

복사꽃이 피어날 때 설거지를 시작하여 복사꽃이 떨어질 때 설거지를 마쳤다

지상에 놓인 수만 개의 혈관을 따라 나는 그대 속으로 잠열潛列하였다

담배 연기는 내 영혼의 복사꽃

혁명은 한 마리의 감정

파리 대평원의 밤하늘엔 잠열潛熱 같은 초저녁 별들이 총총

밤하늘의 입장에서 보자면 파리는 별들이 흐르는 인간의 아름다운 하수구였다

전직 천사의 입장에서 볼 때 파리라는 도시는 이렇게 발명되었다

애도 일기

빛이 슬픔에 닿자 장마가 끝났다

이것은 삶과 죽음에 대한 애도의 방식, 장마가 끝나자 애도 일기가 시작되었다

한 마리 태풍이 꿈틀거리며 올라올 때 잔다리 위구르족 마을에서는 양 몸통에 커다란 막대기를 끼운 채 양 통구이를 만들고

여인네는 달군 화덕에 반죽을 붙여 낭을 굽고 허브 차와 호두로 저녁을 준비하지

고기가 들어가지 않은 국수를 즐겨 먹는 위구르족은 소금만으로 간을 한 국수에 허브로 만든 양념장을 넣고 담백하고 조촐한 저녁을 먹지

라마단 기간에는 해가 떨어진 후 밤 열시쯤 저녁을 먹는다네

한 마리 태풍이 꿈틀거리며 올라올 때 어떤 위구르 가족은 저녁 식사를 끝내고 카펫 위에 옹기종기 모여 앉아 별빛처럼 반짝이는 삶을 나누네

위구르족의 수염은 양의 수염

양의 생애가 끝나자 수염의 생애가 시작되었다

거대한 고독이 출렁거리는 슬픔에 닿자 저녁이 되었다

고독의 라마단은 그때부터 시작되므로 태풍이 몰려오는 밤의 한가운데 앉아 누군가 종교처럼 술을 마시지

그것은 삶과 죽음에 대한 애도의 방식

한 마리 태풍이 꿈틀거리며 올라올 때 인류의 마지막 열차처럼 덜컹거리는 건물의 이 층 창가에 앉아 미친 듯

흔들리는 나무를 바라보며 중얼거리지

태풍이 몰려오는 검은 밤에는 흑맥주를 마시자

지금은 한 마리 태풍이 꿈틀거리며 거대한 고독 곁을 지나가는 자정

저것은 삶과 죽음에 대한 애도의 한 방식

수염이 돋아난 천사가 인류의 마지막 이 층 창가에 앉아 여전히 중얼거린다

이것은 밤새 태풍에 펄럭이는 한 마리 시

그것은 애도의 대상

저것은 송강호의 염소수염

애도 일기

어느 날은 문득 이 층 창가에 앉아 밤의 첨예한 풍경을 보기도 한다

삶의 깊은 속살을 담은 그 풍경은 본질적이고 보편적이다, 본질의 첨예한 풍경은 어쩌면 사람들이 꿈꾸는 보편적 이상의 모습을 보여준다, 여기에서부터 또 다른 애도 일기는 시작된다

이것은 사랑에 대한 애도의 방식

노란 별이 그려진 녹색 밤하늘을 어깨에 메고 나는 오래도록 지상의 밤거리를 걷는다

궁극의 풍경 속에는 언제나 그대가 있고 그대를 꿈꿀 때만 나는 그곳에 당도해 있다

흰 셔츠 깃을 흔들며 불어오는 미풍에게 나를 다 내어주고 싶은 날에는 서둘러 계단을 밟고 올라가 지상의

이 층에 마련된 카페 레미츠의 밤에 닿곤 한다

그리움이 발아하여 푸르게 이파리를 이루었다 갈색의 낙엽으로 떨어진다

그것은 소멸에 대한 애도의 방식

누군가는 머리와 수염을 기르고 누군가는 머리를 묶고 수염을 깎기도 하지만 또 누군가는 아예 수염이 돋아나지 않기도 한다

그럼에도 불구하고 어김없이 애도의 밤은 온다

애도의 밤은 와서 첨예하고 본질적인 풍경을 상영하며 운다, 나는 그 울음을 다 들으며 고요히 속엣말을 한다

저것은 사랑과 소멸에 대한 애도의 방식

무르익은 감정이 가을의 입구까지 진군해 있다, 천사가 앉아 있는 이 층에 가을이 당도하면 또 한 번 감정의 대전이 일어나리라

그러나 여기는 아직 고요한 카페 레미츠의 밤, 이 층 창가에 앉아 세계의 첨예하고 본질적인 풍경을 바라보며 천사는 넋두리처럼 중얼거린다

이것은 한 마리 애도의 방식

그것은 애도의 대상

저것은 세 마디 애도의 말

애도 일기

태양은 검은 염소의 눈동자처럼 주황색으로 빛났다

염소가 한 번 눈을 감았다 뜨자 애도 일기가 시작되었다

이것은 사막의 밤에 대한 애도의 방식

염소가 눈을 몇 번 더 껌뻑이자 밤이 되었다

염소의 주황색 눈동자에 그어진 검은 한 일자처럼 찾아오는 밤

검은 털을 가진 염소의 밤, 가죽을 벗겨서 두드리면 그대로 컴컴하게 북소리가 울릴 것 같은 밤, 한줄기 검은 애도의 밤

허리가 아픈 천사가 낡은 지구의 이 층 창가에 앉아 자꾸만 자세를 고쳐 앉는 밤

폭염이 물러가자 또 다른 폭풍이 시작되었다

창가에 놓아둔 바질의 상륙작전 사철나무의 사막 선인장 정야의 질주

그것은 사막의 밤에 대한 애도의 방식

염소가 눈을 껌뻑일 때마다 밤은 조금씩 더 깊어갔다

인류에 대한 본질적 애정이 없어도 애도 일기는 계속 씌어진다

날씨에 대한 근본적인 관심이 없어도 대기는 스스로 순환한다

별들이 이동하는 창가에 앉아서 보면 염소수염의 이파리를 나부끼며 밤새 먼 곳으로 이동하는 가로수들이 보인다

저것은 사막의 밤에 대한 더 깊은 애도의 방식

서서히 식어가는 태양과 희미한 대기 순환에 대한 애도의 한 방식

여름 내내 지구의 낡은 이 층 창가에 앉아 담배만 피워대던 천사가 창문을 조금 열어 먼 곳으로 또 하나의 계절을 내보낸다

이것은 영혼의 속삭임

그것은 애도의 대상

저것은 대자연의 형상

정선, 오슬로, 가수리

오슬로의 저녁 거리를 어슬렁거리다 보면 만나게 되지 오슬로의 저녁 불빛들 뾰족한 지붕을 가진 집들을 지나면 바이킹의 배들과 마차가 나타나기도 하네 오슬로는 밤거리마다 술집들을 몰래 숨기고 있다네 두꺼운 옷들을 입고 사는 사람들의 깊숙한 심장 같은 술집을 비와 눈이 많이 내리는 이 도시의 지붕들은 그대의 아름다운 구두굽처럼 모두 뾰족하지 그 지붕 아래 사람들이 산다 다양한 피오르가 존재하는 곳 강원도의 탄광지대 같은 협곡을 지나면 나타나는 피오르 거친 자연은 인간 앞에 수줍게 그들의 모습을 보인다네 대자연은 결국 확장된 인간의 상상력 사람들은 배를 타고 피오르를 관광하고 풍경 속엔 갈매기들이 날고 하늘엔 구름이 지나지 물론 규모는 조금 다르지만 송네 피오르의 장관은 강원도 정선의 가수리 같다네 배는 여전히 앞으로 나아가고 배가 고파진 사람들은 인간의 저녁으로 모여들지 오슬로는 북유럽의 정선 송네 피오르는 노르웨이의 가수리 오슬로에 저녁이 오면 깊숙이 숨겨진 술집을 찾아 술이나 마시러 가야겠네 노르웨이의 숲은 항상 청춘의 외곽에 있

으므로 오래된 숲과 강물의 향기를 맡으러 나는 오슬로
로 가야겠네 정선 가수리로 가야겠네

아랍말처럼

나의 언어는 사막의 냄새를 맡은 아랍말처럼 맹렬하게 지평선을 향해 달려 나갈 것이다

그러나 지금 나의 언어는 지친 아랍말처럼 저녁의 사구에 당도해 있다, 그리고 이곳엔 나의 언어도 지친 아랍말도 저녁의 사구도 없다

다만 미친 말처럼, 격렬하게, 꿈틀거리며, 낡은 생의 고독 속에 나는 잠겨 있다

자, 보아라, 신음 소리를 내며 죽어가는 말, 그것이 나의 언어이다

미친 것들, 맹렬하게 미쳐가는 것들

나는 성급하게 태양을 향해 달렸다

태양의 온도를 무시한 일이었지만 나는 렬렬한 온도

속으로 뛰어들었다, 화산의 심장으로 세계의 본질 속으로 뛰어드는 온몸의 철학자처럼

나는 격렬하게 그대의 심장 속으로 뛰어들었다, 방금까지 불어오던 바람의 냄새를 잊은 아랍말처럼

그대 심장의 사막에서 불어오는 냄새는 나를 미치게 했으니까

그것은 내가 오래전에 베고 잡들던 대지의 내음새를 닮아 있었으니까

나는 장렬하게 그대의 내음새 속으로 투항하였다

그대의 향기가 영원할 줄 알았으니까 그대의 체온이 나를 완성하리라 믿었으니까

오늘 나는 지친 아랍말처럼 고개를 숙이고 사막을 빠

져나온다

태양의 온도는 너무나 뜨겁고 사막은 나의 피를 말린다

인간의 감정은 변형이 가능한 하나의 물질

지나보면 세상의 모든 사막은 그저 태양이 작열하는 강렬한 모래밭일 뿐이어서 이제서야 나는 나를 맹렬하게 후회하고 있다, 그 모든 것을 탕진한 아랍말처럼

* 아랍말처럼에는 콜테스의 말이 어디엔가 한 마리 고독처럼 웅크리고 있을 것이다

그것은 아마도 목화밭의 고독 속에서 왔을 것이다

아니 어쩌면 숲에 이르기 직전의 밤에서 왔을지도 모르겠다

아무튼 나는 콜테스의 말을 타고 무질의 저녁에 당도하고 싶었는지도 모른다

아니 어쩌면 그 어느 곳에도 당도하고 싶지 않았는지도 모른다, 맹렬하게, 장렬하게, 완벽하게 미친, 이 지상의 저녁에서, 나는 그저 중얼거렸을 뿐이다, 길을 잃은 한 마리의 고독처럼, 아랍말처럼

감정의 고독

거리에는 부드러운 바람이 불었다

나는 볼보 트럭을 타고 아주 먼 곳에서 달려와 또 다른 먼 곳으로 가고 있었다

우주로 통하는 공중전화 부스 앞에 잠시 그대는 멈추어 서 있었다

오른손엔 필터 없는 골루아즈 담뱃갑이 들려 있었고 왼손 엄지와 검지는 열린 담뱃갑 사이로 보이는 담배에 닿아 있었다

와이셔츠 왼쪽 가슴께에 달린 주머니엔 고독이 가득하였다

그 주머니 안쪽에서는 아마 그대 심장이 뛰고 있었을 것이다

얇은 티셔츠 위로 보이던 목선과 턱선, 다문 입의 침묵이 얼굴의 배후로 자리 잡고 있었다

그때 정면을 응시하던 눈동자는 무엇을 보고 있었는가

풍성한 머리카락보다 더 많이 돋아나 있던 상념들 나는 볼보 트럭의 내면에 앉아 먼 곳으로 가다가 목화밭의 고독 속에 앉아 있는 그대를 보았다

공중전화 부스의 수화기 너머론 무한을 향해 고독의 목화밭이 펼쳐져 있었다

그때 나는 어딘지도 모를 아주 먼 곳을 향해 가고 있었는데 그대의 이름을 중얼거렸는지도 모른다

녹색의 우주에 고요히 수놓인 그대 이름을 그렇게 나직이 중얼거렸는지도 모른다

그때 거리에는 부드러운 바람이 불고 있었다

그대의 등 뒤에는 우주로 통하는 공중전화 부스가 있었고 수화기 너머론 목화밭의 고독이 무한을 향해 펼쳐져 있었다

담배를 피워 물기 직전의 그대

목화밭의 고독 속에서

목화밭의 고독 속에서

아주 멀리 도시 속으로 말을 타고 달아나기

난 눈 내리는 아프리카에 가고 싶어, 죽을 거니까 떠나야만 해, 난 영원히 쓰레기통을 뒤지고 싶어, 더 이상 단어들이란 없어, 더 이상 할 말도 없어, 말을 가르치는 걸 중단해버려야 해, 학교를 없애버리고 묘지를 늘려야 해, 어쨌든 일 년이나 백 년이나 마찬가지야, 그런 게 새들을 노래하게 하지, 그런 게 새들을 지저귀게 해, 로베르토 주코는 고장 난 공중전화기를 들고 이렇게 말하면서 떠나지, 자신의 아버지를 죽인 것과 동일한 방식으로 자살한 주코의 이야기를 유작으로 남긴 작가가 있었지, 나도 눈 내리는 아프리카에 가고 싶어, 죽을 거니까 아무튼 어디론가 떠나고 싶어, 난 영원히 대자연의 품속을 헤맬 테니까, 더 이상 이런 시는 필요 없어, 더 이상 할 말도 없어, 말을 가르치고 시를 가르치는 걸 중단해버려야 해, 학교를 없애고 교회와 국가를 없애고 인간이란 종족 자체를 없애야 해, 세상은 묘지로 뒤덮이겠지, 그 묘지 위를 나는 새들은 새로운 종족을 퍼트릴 거야, 그런 게 이 세상에 유일한 유작으로 남아야 해, 우주로 날아가 영영 되돌아오지 않는 우주선의 고독도 언젠가는 이곳에 당도할 거야, 우리는 그것을 우리 모두의 슬프고도 아름다운 유작이라고 하자, 슬프고도 아름다운 그대여, 나는 이제 그대의 이름을 잊었고, 눈 내리는 아프리카에 가고 싶어

* 「아주 멀리 도시 속으로 말을 타고 달아나기」는 베르나르-마리 콜테스가 쓴 소설의 제목이다. 아주 멀리 도시 속으로 말을 타고 어떻게 달아나지? 『로베르토 주코』라는 유작을 남긴 콜테스의 책을 보다가 두 마리의 시를 만났다. 콜테스의 사진을 보다가 만난 것이 「감정의 고독」이고 콜테스 연보를 보다가 만난 것이 「아주 멀리 도시 속으로 말을 타고 달아나기」다. 나는 지금 두 마리 시를 데리고 아주 멀리 도시 속으로 말을 타고 달아나고 있다. 그런데 도대체 어떻게 달아나지?

— 아무튼 달아나는 것이다. 그것이 유일한 방법이다

녹색 순환선

이것은 한 마리 녹색 순환선

그것은 빛나는 한 줌의 늑대

저것은 하나의 페르소나

*

고통은 수 세기 전부터 빛났다

겨울 숲에서 숨죽여 바라보던 별빛들이 모두 하늘로 올라간 저 자신의 울음이었음을 그는 이미 안다

서서히 꺼져가는 심장의 불빛을 되살리며 다시 한 번 자신의 울음을 바라보던 한 마리의 고독이 환한 추억의 울음덩어리 아래를 배회할 때면 발바닥에 와 닿던 차디

찬 겨울 숲의 침묵

심장이 아직 꺼지지 않았으므로 지구는 춥고 고통은 수 세기 전부터 빛났다

*

밤의 창문을 열고 계절 속으로 담배 연기를 보냈다

움직이는 별들을 보았다 그렇게 시간이 흐른다고 생각했다

고향으로 가는 별들의 음악을 들었다

처음에 그것은 아주 작은 소리였으나 점차 하나의 웅장한 교향곡처럼 들려왔다 아니 기차의 덜컹거림처럼 심

장의 고동 소리처럼 들려왔다

녹색 순환선을 타고 아마 집으로 돌아왔을 것이다

죽음이 가까이 있었지만 죽음과 손잡지 않았다
집으로 돌아와 밤의 창문을 열고 계절 속으로 담배 연기를 보냈다

망각의 모든 형태는 그렇게 밤하늘로 흩어지는 것이었다

애도 일기

장엄한 슬픔이 나를 낳았다, 무한의 바람이 불어오는 저녁

겨울밤을 하얗게 밀고 가는 눈보라가 나를 낳았다, 눈보라는 지상에 닿기도 전에 허공에다 나를 낳았다

나는 눈보라의 아들, 겨울밤이면 무한의 바람을 타고 지상을 떠도는 자

나는 허공에서 애도하는 자, 허공에 떠도는 말들을 모아 사람들의 지붕을 위한 애도 일기를 쓴다

애도 일기가 인류의 따스한 지붕이 되는 날 나 외투를 펄럭이며 지상에 닿으리니, 보라

눈보라, 세상의 끝으로 날개를 퍼덕이며 자욱하게 밀려가는 새 떼들이여

이것은 아직 지상에 닿지 못한 숨결의 시

그것은 애도의 대상

저것은 아직 하얀빛을 띤 슬픔의 육체

다락방

늦은 잠에서 깨어 창문을 열자 눈발들 한꺼번에 몰려든다, 따스한 술 한잔 마시고 싶은 저녁

나는 왜 저물녘에 일어나 담배를 피워 물며 하루를 시작하는 걸까

떼 지어 몰려왔던 눈발 담배 한 대 다 피우기도 전에 소리 없이 사라진다, 마음의 심연을 떠도는 무수한 상념들도 저렇듯 가뭇없이 사라지는 걸까

커피 물을 올려놓고 톰 웨이츠를 듣는다

아픈 왼쪽 허리를 의자에 기대며 톰 웨이츠를 듣는 저녁

"고도 씨발, 안 기다려!"

간밤 누군가의 말이 떠올라 혼자 낄낄대는 오래된 오랑캐적 습성

“당신이 집 안에 뭘 가지고 오든, 저 그걸로 먹고살 수 있다고요, 너구리나 주머니쥐를 잡아 온다고 해도 걱정 말라니까요!”

그대 말이 떠오르는 지금은 세상을 향해 담배 연기를 내뿜으며 너구리와 주머니쥐를 잡으러 갈 시간

창밖엔 여전히 싸락눈, 싸락눈, 싸락눈

문을 열고 나가면 삶은 광활하고도 깊다

톰 웨이츠를 듣는 좌파적 저녁

아픈 왼쪽 허리를 낡은 의자에 기대며 네 노래를 듣는 좌파적 저녁

기억하는지 톰, 그때 우리는 눈 내리는 북구의 밤 항구 도시에서 술을 마셨지

검은 밤의 틈으로 눈발이 쏟아져 피아노 건반 같던 도시의 뒷골목에서 톰, 너는 바람 냄새나는 차가운 목소리로 노래를 불렀지

집시들이 다 그 술집으로 몰려 왔던가

네 목소리엔 집시의 피가 흘렀지, 오랜 세월 길 위를 떠돈 자의 바람 같은 목소리

북구의 밤은 깊고 추워 노래를 부르는 사람도 노래를 듣던 사람도 모두 부랑자 같았지만 아무렴 어때 우리는 아무것도 꿈꾸지 않아 모든 걸 꿈꿀 수 있는 자발적 은

둔자였지

생의 바깥이라면 그 어디든 떠돌았지

시간의 문틈 사이로 보이던 또 다른 생의 시간, 루이 아말렉은 심야의 축구 경기를 보며 소리를 질렀고 올리비에 뒤랑스는 술에 취해 하염없이 문밖을 쳐다보았지

삶이란 원래 그런 것 하염없이 쳐다보는 것 오지 않는 것들을 기다리며 노래나 부르는 것

부랑과 유랑의 차이는 무엇일까

삶과 생의 차이는 무엇일까

그때나 지금이나 우리는 여전히 모르지만 두고 온 시간만은 추억의 선반 위에 고스란히 쌓여 있겠지

죽음이 매 순간 삶을 관통하던 그 거리에서 늦게라도 친구들은 술집으로 모여들었지

양아치 탐정 파올로 그로쏘는 검은 코트 차림으로 왔고 콧수염의 제왕 장 드 파는 콧수염을 휘날리며 왔지

움직이는 모든 것들이 시였고 움직이지 않는 모든 것들의 내면도 시였지

기억하는지 톰, 밤새 가벼운 생들처럼 눈발 하염없이 휘날리던 그날 밤 가장 서럽게 노래 불렀던 것이 너였다는 것을

죽음이 관통하는 삶의 거리에서 그래도 우리는 죽은 자를 추모하며 죽도록 술을 마셨지

밤새 눈이 내리고 거리의 추위도 눈발에 묻혀갈 즈음 파올로의 작은 손전등 앞에 모인 우리가 밤새 찾으려 했

던 것은 생의 어떤 실마리였을까

맥주 가게와 담배 가게를 다 지나면 아직 야근 중인 공장 불빛이 빛나고 다락방에서는 여전히 꺼지지 않은 불빛 아래서 누군가 끙끙거리며 생의 선언문 초안을 작성하고 있었지

누군가는 아프게 생을 밀고 가는데 우리는 하염없이 밤을 탕진해도 되는 걸까 생각을 하면 두려웠지 두려워서 추웠지 그래서 동이 틀 때까지 너의 노래를 따라 불렀지

기억하는지 톰, 그때 내리던 눈발 여전히 내 방 창문을 적시며 아직도 내리는데 공장의 불빛은 꺼지고 다락방의 등잔불도 이제는 서서히 꺼져 가는데 아무도 선언하지 않는 삶의 자유

끓어오르는 자정의 혁명, 고양이들만 울고 있지

그러니까 톰, 그때처럼 노래를 불러줘, 떼 지어 몰려오는 눈발 속에서도 앙칼지게 타오르는 불꽃의 노래를

그러니까 톰, 지금은 아픈 왼쪽 허리를 낡은 의자에 기대며 네 노래를 듣는 좌파적 저녁

서푼짜리 시

세상이 거대한 관공서 같다면 관공서 문을 열고 햇살 환한 거리로, 광장으로 담배 피우러 나가듯 키르기스스탄으로 가자

그곳은 고독이 눈발로 흩날리는 곳

관공서의 문을 열면 거기는 이식쿨 호수 뜨거운 가슴들이 모여 있는 물의 광장

창문을 열고 키르기스스탄의 골짜기로 떨어지는 눈발굽의 소리를 듣자

바람이 몰고 가는 세상의 음원들 물음표 같은 우리 귓바퀴에 한 짐 가득 모아두고 기나긴 겨울밤이면 시래기 된장국 끓이듯 조금씩 끓어오르는 내면의 음원을 듣자

세상에서 내가 발견한 음원의 원소주기율표를 그리다 보면 새들이 몰려와 마음 가득 폐곡선을 그리며 지나가

리니 고독은 한 양푼의 비빔밥

고독을 비벼 먹으며 한겨울을 나자

이상 기후의 날들 속에서도 나의 담배 연기는 오롯이 검은 밤의 비파를 연주하리니 어둠이 무너지며 쌓이는 인간의 골짜기마다 음악은 함박눈의 증거로 남으리니

침묵이 쟁취하는 위대한 고독

고독이 앞장서는 위대한 사랑

침묵이 쟁취하고 고독이 앞장서는 사랑의 최전선에 삶을 두자

아무도 쳐다보지 않는 냉혹과 멸시의 땅에 한줄기 담배 연기를 깃발처럼 펄럭이며 한 나라를 세우면 그 나라의 밤을 온통 덮으며 달려오는 순결의 눈발굽 소리 들

리리니

여기는 서푼짜리 고독의 땅

고독의 별 아래 날마다 새로운 음원이 탄생하는 땅

인터내셔널 포에트리 급진 오랑캐 밴드

음악은 초원의 풀잎으로 가려는 속성을 내장하고 있다, 대초원은 풀잎들의 침대, 공연을 목적으로 한다, 쉼표로 가득한 시는 음악으로 달려가는 말발굽의 간주곡, 인간의 시간 위로 까마귀의 부리처럼 아름다운 노래가 온다, 모든 시인은 밴드에 속해 있다

모든 숙영지로부터 별이 빛난다, 빛은 이미지의 음악을 내장하고 있다, 물질이 존재하는 것은 허공이라는 공허가 존재하기 때문이다, 따스함이 차가운 눈발로부터 이미지를 취하듯 나의 고독은 저 멀리 빛나는 별빛으로부터 온다

나는 애초에 없었다, 있으려는 가능성, 가까스로 있으려는 안간힘이 최소한의 물질이 되었다, 소리들도 마찬가지다, 물질의 존재성을 도우려는 소리들이 어쩌다 아름다운 들림이 되었다, 들림, 들려옴, 소리들의 도착을 음악이라고 부른다

모든 소리들이 글자로 환원되지는 않는다, 반면 모든 글자는 소리로 환원된다, 여기에서 소리의 개별성으로서의 시가 탄생한다, 그러나 여기에서 또한 시의 한계와 안타까움성이 발생한다, 꿈틀거리는 벌레들처럼 그런 것들이 하나의 밴드를 이루었다, 꼬물거리는 벌레의 시가 목청을 돋우어 공연을 한다, 공연은 하나의 시를 목적으로 한다

올리브유를 두른 빵이 어떻게 시가 되고 노래가 되는가? 그것은 매우 인간적이고 화학적인 문제를 전제로 한다, 배고픔은 이미지를 확장하지만 확장된 이미지가 따스하고 아름다운 겨울에 당도하지는 않는다, 따스하고 아름다운 겨울은 없다, 다만 따스하고 아름답게 겨울을 연주하는 악기가 있을 뿐이다

악기는 어디로부터 오는가? 담배 연기로부터 커피로부터 그리고 구체적인 사색과 꿈틀거리는 손목의 근육으로부터 온다, 아니다, 악기는 어디로부터 오는 것이 아

니고 도처에 존재한다, 스스로 악기임을 인식하는 세상의 모든 존재가 이미 한 마리의 악기다

나는 그대를 쓴다, 나는 그대를 연주한다, 나는 그대를 공연한다

여기에서부터 시작한다

인터내셔널 포에트리 급진 오랑캐 밴드

나는 내성이 없는 물질처럼 외로웠다, 우주의 가장 갸륵한 한구석에서 나의 점유는 섬세하게 고독하다, 폭발하는 유성들이 음악을 목적으로 그렇게 된 것은 아니다, 허공에서 생을 마친 어떤 새의 고독이 공중에 얼어붙어 있다, 그것이 별이다

끓어오르는 주전자 속의 물이 커피 속으로 뛰어들기를 기다리고 있다, 사물의 뒤섞임과 동기성, 내 미세한 의지는 그것을 도울 것이다, 나는 햇살과 한 잔의 물과 커피 가루와 나의 상념을 뒤섞어 한 잔의 커피로 만들 것이다, 커피 한 잔, 그것이 내가 아침에 듣는 유일한 음악이다

나무에 물을 주면 물은 뿌리로 달려간다, 달려간다는 것은 어딘가에 닿고자 하는 본질적 욕망을 내장하고 있다, 햇살은 잎사귀로 달려와 물을 펌프질한다, 고요하고 평화로운 한 그루 욕망의 제국이다, 고요함과 평화는 격렬함과 치열함을 전제로 한다, 나무에 물을 줄 때마다

나는 격렬한 음악 소리를 듣는다

그것은 담배로부터 왔다, 사물의 뒤섞임과 나의 동기성, 사물을 자극하는 미세한 욕망의 움직임, 움직이는 모든 것이 시라면 움직이는 모든 것이 내는 소리는 고독의 실황 공연이다, 나는 담배를 피운다, 그러니까 내가 뿜어내는 담배 연기는 인터내셔널 포에트리 급진 오랑캐 밴드의 실황 공연인 셈이다

갱스부르는 가끔 갱스바르가 되기도 한다, 페르난두 페소아가 가끔 알베르투 카에이루가 되듯, 인터내셔널 포에트리 급진 오랑캐 밴드가 초원을 지나 달빛 환한 파미르 고원을 넘어가고 있다, 저 고원을 넘으면 오랑캐 밴드는 혁명의 달 두루마리 결사가 될 것이다

혁명적 인간이 시를 쓰고 공연을 한다

혁명의 달 두루마리 결사

간밤에 파미르 고원을 넘어왔다

쿠르베 선착장엔 햇살을 담은 새의 부리들이 당도해 있다 쿠르베 선착장은 누군가 이어붙인 36미터 두루마리 타자 종이를 닮았다 텅 빈 백지의 선착장, 혁명의 달 두루마리 결사의 시작이다

나는 담배를 피워 물고 쿠르베 선착장에 서 있다 담배 연기는 폴라로이드 사진을 닮았다 내 마음의 풍경을 바로 인화해낸다

쿠르베 선착장은 담배 연기로 자욱하다 세상의 근원은 알 수 없는 자욱함으로부터 시작한다 자욱한 혼돈으로부터 바람이 분다 나는 더 이상 바람의 노래를 듣지 않는다 나는 바람을 창시한다 새로운 영역의 바람이다

거침없이 질주하는 바람 발굽들, 누군가 초원의 풀잎들을 엮어 비밀 결사의 세계사를 기록하려 한다 그러나

그것은 표면의 세계사일 뿐 내면을 관통하는 비밀 결사의 세계사는 아직 시작되지도 않았다

먼 행성으로부터 오는 것 길 위에서 길 위로 대륙을 횡단하며 한줄기 찬란한 먼지로 떠오르는 것 햇살에 부서지며 섬세하게 기침하는 것

나는 침묵의 소리를 듣는다 세상에서 가장 거대한 고독 같은 증기 오르간 칼리오페가 내뱉는 거대한 침묵을 듣는다

괴물들은 두루마리처럼 풀어지며 백악기로 쥐라기로 사라져갔다 허공의 먼지로 사라져간 괴물들의 역사가 내 담배 연기 속에서 재현된다 나는 창문을 열어 괴물들을 푸른 대지로 놓아준다 괴물들은 한 마리의 거대한 고독이었다

간밤에 침묵들이 파미르 고원을 넘어왔다

당도한 곳은 쿠르베 선착장이었다 말들도 따라서 넘어왔다 나는 담배를 피웠고 세상의 근원을 향해 담배연기를 내뿜었다 혁명의 달이었고 두루마리의 결사의 시작이었다

시는 그렇게 시작된다

너무나 아름답고 장엄한 마지막 인사

이런 저녁에는 너무나 아름답고 장엄한 마지막 인사를 하기가 두렵다, 그저 타쉬 델레, 타쉬 델레

그대는 너무 멀거나 너무 가까운 곳에 있지만 이렇게 창문 가득 바람이 불어오는 저녁에는 그저 그대 생각에 두렵고도 황홀하게, 타쉬 델레, 타쉬 델레

커피를 한 잔 마시고 담배를 한 대 피워 물며 초저녁 별들을 향해 안녕, 인사를 하면

타쉬 델레, 타쉬 델레, 28명의 천사가 지나간다

여기는 하슬라, 실직, 도원

* 타쉬 델레는 티베트 말로 안녕하세요, 라는 말이다

나는 오늘도 하슬라, 실직, 도원의 밤하늘을 향해 타쉬 델레, 라고 고요하고 나직이 인사를 보낼 뿐이다

하슬라, 실직, 도원은 강릉, 삼척, 정선의 옛 이름이다

하슬라, 실직, 도원의 트라이앵글 위에는 예나 지금이나 별들이 많다

28수(宿)는 중국에서 달의 공전주기가 27, 32일이라는 것에 착안하여 적도대(赤道帶)를 28개의 구역으로 나눈 것으로, 각 구역이 각각의 수(宿)이다, 성수(星宿)라고도 한다, 달이 매일 유숙하는 곳이라는 뜻에서 유래한 말이다

28수는 편의상 7개씩 묶어서 4개의 7사(舍)로 구별하여 각각 동 · 서 · 남 · 북을 상징하도록 하였는데, 이 4개의 7사에 속하는 별은 다음과 같다

동방 각(角) · 항(亢) · 저(氐) · 방(房) · 심(心) · 미(尾) · 기(箕) 7개의 성수(星宿), 북방 두(斗) · 우(牛) · 여(女) · 허(虛) · 위(危) · 실(室) · 벽(壁) 7개의 성수, 서방 규(奎) · 루(婁) · 위(胃) · 묘(昴) · 필(畢) · 자(觜) · 삼(參) 7개의 성수, 남방 정(井) · 귀(鬼) · 유(柳) · 성(星) · 장(張) · 익(翼) · 진(軫) 7개의 성수들을 말한다

너무나 아름답고 장엄한 벨라 타르의 마지막 인사라고 스크린인터내셔널은 말했다

1889년 1월 3일 토리노, 니체는 마부의 채찍질에도 꿈쩍 않는 말에게 달려가 목에 팔을 감으며 흐느낀다

그 후 니체는 '어머니, 저는 바보였어요'라는 마지막 말을 웅얼거리고 10년간 식물인간에 가까운 삶을 살다가 세상을 떠난다

어느 시골 마을, 마부와 그의 딸 그리고 늙은 말이 함께 살고 있다

밖에서는 거센 폭풍이 불어오고 매일매일 되풀이되는 단조로운 일상 속에 아주 조금씩 변화가 생겨나기 시작한다

벨라 타르의 영화 <토리노의 말> 시놉시스를 읽다가 그의 프로필을 본다

그는 은발을 꽁지머리로 묶고 눈을 감은 채 왼손으로 담배를 피워 물고 있다

벨라 타르의 담배 연기는 그의 지그시 감긴 눈 근처를 영혼처럼 배회한다

나는 벨라 타르의 담배 연기를 보며 <토리노의 말>을 생각하고 있다

<토리노의 말>은 침묵을 통해 폭풍으로 가는 길을 보여준다 아니 어쩌면 폭풍을 통해 침묵으로 가는 길을 보여준다

벨라 타르의 담배 연기는 가늘고 길다

나는 그의 담배 연기를 보며 오래도록 어떤 길에 대하여 생각했다, 어떤 길은 영혼의 한 형태를 보여준다

'너무나 아름답고 장엄한 벨라 타르의 마지막 인사'라고 스크린인터내셔널은 말했다

'너무나 아름답고 장엄한 마지막 인사를 우리는 알지 못한다'고 인터내셔널 포에트리 급진 오랑캐들은 대답한다

그들은 그저 28성수나 바라보며 타쉬 델레, 타쉬 델레 인사나 할 뿐이다

토리노의 말

토리노의 말이 울고 있다

하염없이 폭풍이 몰아치는 언덕 아래서 토리노의 말은 침묵으로 세계를 운다

내가 토리노의 말을 타고 안개 낀 들판을 다 지나와 이 세계의 풍경은 다시 결성된다

창문이 달린 내면이 바깥의 풍경을 바라보며 하루 종일 폭풍처럼 울고 있다

폭풍은 단단한 신념, 침묵으로 가는 물질

토리노의 말이 울고 있다

아무 소리도 없이 침묵에 갇힌 세계가 하염없이 자신을 울고 있다

그것은 애도의 대상

루르마랭

가령 나는 루르마랭의 중앙광장
가비 카페 노천 테이블에 앉아
커피를 마시고 구름을 세련하였다
마르크스를 생각하다가 다시 엥겔스를 세련하였다
지난밤에 불어온 미스트랄은
내가 키우는 당나귀의 귀를 떼어 갔다
물론 아를에 있던 고흐의 귀도 함께 말이다
말이 나왔으니 말이지
루르마랭은 알베르 카뮈가 묻힌 곳이다
나는 아직 루르마랭의 카뮈 무덤에는
가보지 못했다, 몇 개의 구름들이
뤼베롱 산정에서 낮달과 놀고 있다
가령 그대는 중앙광장의 로르모 카페에 앉아 있고
나는 그대를 바라보며 가비 카페에 앉아 있다
말이 중앙광장이지
그저 중앙에 있는 광장일 뿐이다
가령 삶은 서로를 무심히 바라보다가
그렇게 만나기도 하는 것이다

빛나는 생의 오후 중앙광장에서
나는 다음과 같은 말을 세련하였다
루르마랭, 마르크스, 엥겔스
미스트랄, 당나귀, 알베르 카뮈
가령, 뤼베롱, 뤼베롱
아직 세련되지 않은 먼 방투 산

갱신

지금은 북풍의 계절 뒤랑스 계곡을 빠져나온 미스트랄이 온다 미스트랄은 왜 오는가 붉은 지붕들 위로 펼쳐진 쪽빛 하늘 새들은 검은 점자처럼 박혀 있다 움직이는 것들의 디폴트 질서 있는 디폴트 나는 태양에 눈먼 자 그대의 라벤더 향을 다 맡고도 여전히 우울해 갱생을 꿈꾸며 미스트랄이 불어오는 이 거리에 섰다 론 강을 따라 미스트랄이 왔다 미스트랄은 왜 오는가 자전을 멈춘 지구의 어깨 너머로 이미 불 켜진 거리의 등불들을 하나둘 꺼트리며 검은 옷을 입은 수도승처럼 밤은 온다 디폴트 움직이지 않는 것들의 질서 있는 디폴트 이미 내 심장에서 시작된 내전이 차가운 별빛들로 확전되는 여기는 프로방스의 내면 겨울의 무한을 따라 미스트랄은 지나간다 미스트랄은 왜 또 지나가는가 거대한 바람이 짐승처럼 이승의 창문을 핥고 가는 밤 심장의 더운 피는 더 이상 사랑에 물들지 않고 상념의 거친 별똥별만이 지상으로 차갑게 추락하고 있는데 아직도 갱신 갱신 미스트랄이 지나가는 밤 갸륵한 심장의 촛불을 끌어안고 나는 강력히 지나간 생의 뒤쪽을 하염없이 갱신하고 있다

파르동, 파르동 박정대

파르동, 먼저 이렇게 인사를 할 수밖에

파르동 레 되 마고, 미안해요 두 개의 중국 인형

어느 날 나는 그가 살고 있는 파리의 아파트로 그를 찾아갔다, 그는 전직 천사였다, 그때는 모든 사람들이 여름휴가를 떠난 시기였다, 나는 그의 아파트 아래 있는 한 카페에서 그를 만나기로 했다, 그때 나는 나의 일곱 번째 작품을 준비하고 있었다, 이어지는 본문은 전직 천사와의 대화를 거의 그대로 옮겨놓은 것이다

— 시를 쓰는 사람들은 모두 전직 천사들이다, 라는 말을 한 적이 있다, 그 말의 의미는 무엇인가?

시인은, 그 존재만으로도 이미 충분하다, 당신은 나를 인터뷰하는 동안에도 아마 대여섯 번씩 혼자 되뇔 것이다, '세상에, 정말 멋진 이야기야, 그런데 도대체 무슨 이야기를 하는 거지?'

인터뷰를 하는 도중에 자기 주먹에 해골을 그리는 사람이 시인이다, 시란 어쩌면 야수 안에 있는 미녀를 보여주는 것이다, 마법과 마찬가지로 시는 쉽게 설명하기 힘든 대상이다, 나는 지금부터 시인과 시에 대하여 최선을 다해 당신에게 설명할 것이다, 그러나 당신은 지금 내 몸짓과 표정, 그리고 낄낄대는 웃음소리를 활자로 옮길 수 있는가, 시를 쓴다는 것은 아주 내적이고 외로운 작업이다, 어떤 의미에서는 시인의 이미지 자체가 한 편의 시다, 당신은 지금 나를 인터뷰하면서 한 편의 시를 읽고 있는 것이다

내 시에서 가장 중요한 결정은 최종 순간에 내려지며, 그때 우연은 아주 중요하게 작용한다, 한편으로 나는 어떻게 보면 늘 같은 시를 반복해서 쓰고 또 쓰고 있다, 사람은 다 다르다, 한 개인의 성격은 자신이 지내온 어린 시절의 결과이며, 사람은 의식하든 의식하지 못하든 하나의 아이디어를 반복해서 계속 재탕하며 평생을 보낸다

시를 쓰는 것은 위대한 탐험이다. 시인은 순수하게 개인적인 이유 때문에, 자신을 위한 무언가를 발견하려고 시를 쓴다. 그러니까 시 쓰기란 되도록 소수의 독자를 목표로 해야 하는 시라는 표현 수단을 통해 일어나는 사적인 과정이다. 시가 그 시만의 관점을 가진 흥미로운 감정을 전달하는 한, 기술적인 실수에 대해서는 아무도 불평하지 않는다는 사실이 증명되었다. 지금 이 순간 만약 시를 쓰고 싶은 사람이 있다면 어떻게 하는지 모르더라도 그냥 착수하라. 그러면 알게 된다. 이것이 시를 쓸 수 있는 가장 확실하고 본질적인 방법이다.

어느 정도까지는 남의 시를 보면서 시를 배울 수도 있다. 그러나 여기에는 오마주라는 함정에 빠질 위험이 도사리고 있다. 어떤 훌륭한 시인의 시를 읽은 뒤 자기 시에 모방해볼 수 있다. 그러나 순수한 존경심에서 해봐야 효과가 없다. 자기가 갖고 있는 문제에 대한 해결책을 다른 사람의 시에서 찾고, 그 영향이 자기 시에서 살아날 때만 모방은 유용하다, 존경심에서 '빌리는 것'이라면, 해결책을 찾기 위한 의도는 '훔치는 것'이며 훔치는 것만이 어쩌면 정당하다, 필요하다면 결코 망설이지 말라, 모든 시인은 훔친다

직관과 즉흥에 의한, 돌발 사고라 할 만한 결정 덕분에 시는 마법으로 가득해진다

사실 나는 시를 쓸 때 어떤 구절을 쓰는지 신경 쓰지 않을 때가 많다, 계속 음악만 듣는다, 가령 내가 좋은 시인이라면 분명히 괜찮은 구절들을 제대로 써낼 것이 틀림없기 때문이다, 그래서 나는 분위기에 맞는 음악을 들으며 시를 그 음악에 매치시키는 데 더 집중한다

내가 시에 음악을 사용하든 그렇지 않든 원래의 음악은 여전히 거기에 있다, 유령처럼 보이지 않고 들리지 않지만 음악의 존재는 신을 살아 움직이게 만든다, 그게 어쩌면 시다

시의 독창성이란 허상이다. 시는 경전이 아니다. 시인은 누구나 자기 한계를 갖고 있다. 시를 쓸 때 나는 아무것도 통제하지 않는다

지금 나를 인터뷰하는 인터뷰어는 로랑 티라르일 수도 나 자신일 수도 있으며, 지금 내가 하는 말들은 나의 말일 수도 있고 로랑 티라르의 인터뷰에 응했던 사람들의 말일 수도 있다. 인터뷰어와 인터뷰이는 사실 이 세상의 모든 사람들이다. 그런데 그게 뭐 어떻다는 말인가. 페드로 알모도바르의 영화 제목을 빌려 말하자면 <내가 뭘 잘못했길래?>

— 지금, 당신이 있는 이곳은 어디인 것 같은가?

나는 다시 질문을 했다. 그는 허공을 바라보고 있었다. 저녁식사를 하지 않은 나의 창자 속에서는 말 울음소리가 났고 가끔은 시냇물 흘러가는 소리도 났다. 그는 단배를 피워 물면서

말했다

바람이 분다, 톨 강은 마치 지렁이처럼 이 오랜 유목 민족의 허리를 휘감고 하늘로 날아오를 듯하다, 갈대며 몽골산 작은 수변 식물들이 천막처럼 펄럭인다, 여기는 울란바토르다

나는 칭기즈칸과 눈을 맞춘다, 반월도처럼 찢어진 그의 두 눈이 톨 강에서 첨벙거리며 놀고 있는 몽골의 아이들을 바라보고 있다

페르소나, 나는 무한한 시간의 페르소나를 생각하며 바람 부는 톨 강가에 서 있다

페르소나, 매그놀리아, 멜랑콜리아, 몽골리아

바람이 분다, 여기는 울란바토르의 톨 강가다, 톨 강으로부터 바람이 불어온다, 그 바람은 시라무런 초원을

거쳐 나의 내면으로 불어올 것이다, 나는 그런 순간을 시라고 부른다, 나의 시가 말을 타고 타박타박 별빛 쏟아지는 초원의 내면을 횡단하고 있다

아니 여기는 몽마르트르 언덕의 바람 부는 저녁이다

— 평소 자주 만나는 친구들에 대해서 좀 이야기해달라, 그리고 당신은 자신이 언제 시인이라고 느끼는가?

시인의 이름은 모두 다르며 모든 시인의 이름은 결국 하나다

가령 인터뷰를 하고 있는 지금 이 순간에도 보이지는 않지만 당신과 나 사이로 천사가 지나간다

가스통 바슐라르, 갓산 카나파니, 닉 케이브, 라시드 누그마노프, 마르셀 뒤샹, 미셸 우엘르베끄, 밥 딜런, 밥 말리, 백석, 블라디미르 마야콥스키, 빅또르 쪼이, 아네

스 자우이, 악탄 압디칼리코프, 앤디 워홀, 에밀 쿠스트리차, 장뤼크 고다르, 조르주 페렉, 지아 장 커, 집 자무시, 체 게바라, 칼 마르크스, 톰 웨이츠, 트리스탕 차라, 파스칼 키냐르, 페르난두 페소아, 프랑수아즈 아르디, 프랑수아 트뤼포, 피에르 르베르디

그러니까 최대의 고통은 사랑을 전제로 한다, 마찬가지로 최고의 사랑은 고통을 전제로 한다, 같은 감정의 다른 이름인 것이다, 아니 모든 감정은 하나의 이름으로부터 온다

이지도르 뤼시엥 뒤카스, 로트레아몽, 아르튀르 랭보, 폴 베를렌, 로맹 가리, 에밀 아자르, 진 세버그, 장 필립 투생, 장 주네, 장 콕토, 르네 샤르, 앙리 프레데릭 블랑, 파트릭 모디아노, 마르그리트 뒤라스, 오노레 드 발자크, 제라르 드 네르발, 스테판 말라르메, 폴 발레리, 폴 클로델, 세르주 갱스부르, 제인 버킨, 양조위, 유가령, 라이너 마리아 릴케, 프리드리히 니체, 루 살로메, 프레데릭 파

작, 장고 라인하르트, 막심 고리키

앞에서도 말했듯이 시를 쓰는 사람들은 모두 전직 천사이다, 흰 셔츠를 입은 날에는 내가 전직 천사라는 걸 느낀다, 감각이 호롱불처럼 밝게 돋아나는 날에는 인간의 마을로 내려가 한잔의 술을 마시기도 한다, 하루 종일 비가 내리는 날에는 난롯불 곁에서 인간의 체온을 느껴보기도 한다, 전직 천사가 고독을 느끼는 것은 누군가를 사랑하기 때문이다, 아무것도 그리운 것이 떠오르지 않는 날에는 물끄러미 담장에 매달린 담쟁이를 보기도 한다, 담쟁이의 줄을 타고 흐르는 허공의 눈물을 바라보다가 내 눈가를 슬며시 만져보기도 한다, 눈물이 마른 눈동자의 사막 속으로는 지평선을 따라 한 무리의 대상이 흘러가기도 한다, 누군가는 문을 열고 들어오고 누군가는 또 문을 닫고 나간다, 흰 셔츠를 입은 날에는 내가 전직 천사라는 걸 느낀다, 나는 담배를 피워 물고 담배 연기처럼 고요히 허공에 있다

니코스 카잔차키스, 알베르 카뮈, 사뮈엘 베케트, 르 클레지오, 리처드 브라우티건, 호르헤 루이스 보르헤스, 베르톨트 브레히트, 가브리엘 가르시아 마르케스, 잭 케루악, 윌리엄 버로스, 미셸 투르니에, 아고타 크리스토프, 크리스토프 바타유, 외젠 이오네스코, 밀란 쿤데라, 이탈로 칼비노, 커트 보네거트, 레이먼드 카버, 마크 첸들러, 존 치버, 다카하시 겐이치로, 야마다 에이미, 무라카미 하루키, 무라카미 류, 루쉰, 나쓰메 소세키, 미시마 유키오, 루이스 세풀베다, 프란츠 카프카, 알랭 로브그리예, 드리외 라로셸, 로베르트 무질

몰리에르, 장 바티스트 포클랭, 로랑 티라르, 로맹 뒤리스, 앙토냉 아르토

시인들은 작은 다락방에서 담배를 피워 물고 거대한 대륙을 횡단한다

옥타비오 파스, 세사르 바예호, 앨런 긴스버그, 잉게보

르크 바흐만, 포루그 파로흐자드

바람이 우리를 데려다주리라

그대가 꿈꿀 때마다 불어오는 세계의 숨결, 그대와 나는 이미 세계의 가장 충분한 심장이다

검은 태양 아래서 나는 눈을 감고 숭고하고 영원한 행성을 꿈꾼다

기 드보르, 롤랑 바르트, 귀스타브 쿠르베, 오스카 오일드, 리처드 롱, 지그문트 프로이트, 카를 구스타브 융, 오스카 와일드, 생 종 페르스, 하인리히 뵐, 헤르만 헤세, 볼프강 보르헤르트, 에드워드 사이드, 테오도르 아도르노, 프리드리히 헤겔, 홍상수, 콩스탕탱 브랑쿠시, 빈센트 반 고흐, 폴 고갱, 댄 플레빈, 존 레논, 조지 해리슨, 짐 모리슨, 루 리드, 백남준, 미셸 폴라레프, 파스칼 브뤼크네르, 미겔 데 우나무노, 구스 반 산트, 존 케이지, 존

카사베츠, 카지미르 말레비치

가령 이런 행성들도 있다

갈산 치낙, 太帝治, 모리스 블랑쇼, 바흐만 고바디, 베르나르-마리 콜테스, 베르나르 앙리 레비, 벵크시, 아벨 페라라, 알랭 바디우, 유디트 헤르만, 율리 체, 장 드 파, 장-뤽 낭시, 조르주 무스타키, 줄리아 크리스테바, 체사레 파베세, 카렐 차페크, 트리스트럼 헌트, 페르디낭 드 소쉬르, 페터 한트케, 페터 회, 프랜시스 윈, 프리드리히 엥겔스, 피에르 파올로 파솔리니, 필립 솔레르스, 헨리 데이비드 소로, 걷기 위해 만들어진 섬, 박쨍:대

시는 밝힐 수 없는 공동체를 전제로 씌어진다

앙리 미쇼, 에른스트 얀들, 프리데리케 마이뢰커, 호치민

시는 밝힐 수 없는 공동체를 전제로 씌어지고 밝힐 수

없는 공동체에 의해 소비된다. 이러한 은밀한 유통 구조의 바탕에는 밝힐 수 없는 사랑과 영혼의 연대가 자리 잡고 있다.

비스와바 쉼보르스카, 아이칭, 안렉산드르 블로크, 안나 아흐마토바, 세르게이 예세닌, 보리스 파스테르나크, 예브게니 옙투센코, 안드레이 보즈네센스키, 요세프 브로드스키, 샤를 피에르 보들레르, 파블로 네루다, 에즈라 파운드, 토마스 스턴스 엘리엇, 라이너 쿤체, 빈센트 밀레이, 실비아 플라스, 테드 휴즈, 엔첸스 베르거, 프랑시스 퐁주, 프란츠 카프카, 로버트 단턴, 존 단, 폴 엘뤼아르, 필립 자코테, 쥘 쉬페르비엘, 자크 플레베르, 수전 손태그, 허버트 마르쿠제, 요한 호이징가, 이브 본느프와, 요르단 욥코프, 일도 레오폴드, 이사도라 던컨, 에드워드 호퍼, 이사벨 밀레, 막스 피카르트, 글렌 굴드, 버지니아 울프, 크리스토프 메켈, 데이비드 허버트 로렌스, 베르나르 올리비에, 파스칼 메르시어, 시라노 드 베르주라크, 마르키 드 사드, 파트리크 쥐스킨트, 볼프 본드라

체크, 아르토 파실린나, 짐 모리슨, 빔 벤더스, 왕가위, 이하, 리산, 앙리 보스코, 찰스 부코스키, 이브라힘 페레, 후고 발, 재니스 조플린, 빅토르 스토이치타, 그웨나엘 오브리, 로버트 엠 피어시그, 팀 버튼, 조니 뎁, 오마르 카이얌, 나탈리 사로트, 리브카 갈첸, 크리스티나 페리 로시, 가르시아 로르카, 테오도르 모노, 크리스틴 오르방, 로제 그르니에, 크리스티안 바로슈, 블레즈 상드라르스, 장 지오노, 로제 니미에, 마르그리트 유르스나스, 파스칼 자르뎅, 뱅상 들라크루아, 우디 앨런, 데이비드 린치, 페드로 알모도바르, 에마뉘엘 레비나스, 마리 다리외세크, 윌리엄 블레이크, 벨라 타르

소위 불온한 시들은 혁명적 유머로 이루어진다

이자벨 위페르, 오기가미 나오코, 최민식, 필립 자코메티, 존 리 앤더슨, 고레에다 히로카즈, 아지즈 네신, 장 미셸 바스키아, 키스 헤링, 안토니오 가우디, 파블로 네루다, 이태석, 레너드 코헨, 말릭 벤젤룰, 시스토 로드리게즈

그리고 혁명적 유머로 이루어진 시들은 혁명시 해방구 파미르번지에서 날마다 번지점프를 꿈꾼다

가령 유령씨, 갓산 약령시, 고도 아말피, 서칭 포 슈가리스맨, 진부 움직씨, 존 카츠베크, 파올로 그로쏘, 그로쏘 오노, 세잔 포르투, 프로방스 체, 라벤더 버튼, 팀광석, 예미 쿠스트리차, 기 코르도바, 클라라 말리, 뱅뱅 구락부, 무나 감자 하루치, 조르주 무사시노, 갱스부르 송, 자우이 취향, 고독 말리, 빅토르 차라, 트리스탕 하라, 몰리에르 드 아무르, 해프닝 장만옥, 앙헬 카바레 볼테르, 게 체바라

가령 이들과는 다르게 사는 것 혹은 이들과 같은 것을 꿈꾸는 것, 그것이 나에게는 어쩌면 시인으로 산다는 것을 의미한다

흰 셔츠를 입은 날에는 날개를 펄럭이며 시를 쓴다

나의 시는 무한의 허공에 있다

사실 그는 '난 더 이상 아무런 할 말이 없어!' 속으로 그렇게 되뇌는 것 같았다. 그는 나와 함께 벌써 몇 잔째 커피를 마시고 있었지만 빨리 그의 아파트로 돌아가고 싶어 하는 것 같았다. 고적한 아파트의 소파에 묻혀 그가 좋아하는 맥주를 마시고 싶어 하는 듯했다. 그리고 어쩌면 '천사'를 만날 시간이 다가오고 있었기 때문이었을 것이다. 그의 마음은 그의 아파트로 달려가고 싶어 말발굽 소리를 내고 있었다

— 마지막으로 이 인터뷰를 읽고 있을 독자들에게 하고 싶은 말은 무엇인가?

파르동 호치민, 파르동, 파르동 박정대

인터뷰를 마치고 일어나려니 문득 그의 얼굴에 미안한 표정이 스치는 것이 보였다. 그래서인지 그는 나의 이름을 묻고 자

신이 최근에 한 작업이라며 <그러니 눈발이여, 지금 이 거리로 착륙해오는 차갑고도 뜨거운 불멸의 반가사유여, 그대들은 부디 아름다운 시절에 살기를>이라는 긴 제목이 붙은 포스터에 싸인을 해서 나에게 주었다, 그리고 나에게 맥주라도 한잔 할 거냐고 물어왔다, 뱃속에서는 여전히 말 울음소리와 시냇물 흘러가는 소리가 들려왔지만 나는 좋다고 말했다, 카페를 나와 그는 나를 데리고 생 제르맹 데 프레 거리로 나섰다, 카페 드 플로르와 카페 레 되 마고를 지나 그가 나를 데려간 곳은 코케인이라는 곳이었다, 코케인에서는 톰 웨이츠의 노래가 흘러나오고 있었다, 창가에는 수염이 덥수룩하게 자란 에밀 쿠스트리차가 혼자 앉아서 술을 마시고 있었고 팀 버튼은 바 앞의 탁자에 앉아 그의 여자 친구와 장난을 치며 떠들고 있었다, 우리가 자리를 잡고 앉았을 때 그가 나에게 물었다

-뭐 드시겠소?

나는 그를 쳐다보며 대답했다

— 박정대 시인, 당신하고 같은 거요!

사실 나는 <목화밭의 고독 속에서>를 마시고 싶었다, 그러나 말하지 않았다, 톰 웨이츠가 굵은 저음으로 노래하고 있었다, 밤이었다

야만인의 사투리

여기에 오래된 테이프레코더가 있다

비 내리는 항구에서 낡은 테이프레코더는 바람의 노래를 부른다

오래된 테이프를 돌리면 파도 소리 들리듯 끼익끼익 모듈레이션 노이즈 들린다

음악을 산책하다 만나는 천사들의 한숨 소리, 산책로에서 발견한 돌멩이를 옮기면 왜 음악이 시작되는가

바람이 분다 아일랜드로 가야겠다

날은 저물어 비바람 몰려오는데 거리의 가로수들은 나뭇잎들을 모두 꺼내어 필사적으로 생을 흔든다

마그네틱테이프에서 듣는 한 계절

태풍이 지나가는 밤 가로수들은 바람에 휘청거리며 짐승처럼 울부짖는다, 세상의 밤에 심긴 한 그루 정원이 내는 소리를 이 층 창가에 앉아 듣고 있다

비 내리는 항구에는 블루베리가 자라고

목화밭의 고독을 입고 거리를 떠도는 한 사내가 있고

비 내리고 바람 불다 뜨겁게 눈 내리는 아프리카가 있다

낡은 밤은 허공을 지나 예민한 별들에 가 닿고 낡은 테이프레코더는 코끼리처럼 쓸쓸하게 운다

인간혐오라는 이름의 별, 그래서 별들은 오늘도 아주 먼 곳에서 빛나고

여기는 여전히 야만인의 사투리

비 내리는 항구의 시

밤에 벌거벗고 목화밭의 고독 속에서 산책하며 말하듯 그렇게

말하겠지요

한 인간의 옷은 어쩌면 그가 지닌 것 중에서 가장 성스러운 것

나는 나에게 꼭 맞는 외투를 찾아 비 내리는 항구의 밤거리를 헤매지요

콜테스의 말들은 따로 고딕체로 새기며 밤에 벌거벗고 목화밭의 고독 속에서 산책하며 말하듯 그렇게 나는 말하겠지만

나의 언어는 사막의 냄새를 맡은 아랍말처럼 맹렬하게 지평선을 향해 달려 나갈 거예요

오랑캐 텔레그라프지에 의하면, 꿈은 진부해요 그래서 꿈은 황홀해요

파리 8구 몽소 공원 근처에 진부 싸롱이 있어요

그것은 구태의연해요, 나는 진부 싸롱의 그 구태의연함이 마음에 들어요

저녁이면 진부 싸롱으로 친구들이 모여들어요, 모두 급진 오랑캐들이지요

○

우리는 몇 날 며칠 술을 마시고 한날한시에 진부 싸롱 탁자에 머리를 박고 죽기 위해 그곳으로 모이지요

새들이 어딘가로 가서 죽듯 급진 오랑캐들은 진부 싸롱에 와서 죽어요

시선이란 이리저리 떠돌다가 자리를 잡으면 스스로 중립적이고 자유로운 곳에 있다고 믿기 마련이지요

모든 꿈의 황홀성은 현실의 물리적 법칙을 벗어나는 지점으로부터 오지요

그런 의미에서 꿈은 현대 물리학과 함께 탐구되어야 할 대상이구요

꿈의 깊은 해저로 잠수한 잠수부는 더 이상 현실로 귀환하려 하지 않아요

중독성이 강한 꿈일수록 그 꿈 앞에서 현실은 더 이상 의미를 지니지 못하기 때문이지요

꿈의 강력한 중독성, 나는 그런 꿈을 꾼 적이 있어요

내가 여기 있는 건 욕망의 심연을 메우고, 욕망을 일깨우고, 거기에 이름을 붙여 지상으로 끌어내기 위해서랍니다, 욕망에 형태와 무게를 부여할 때 불가피하게 주어지는 잔인함을 지닌 채, 거기에 형태와 무게를 부여하기 위해

사진 속의 인물들이 미세하게 움직여요

정지된 사진 속의 장면들이 움직이기 시작하면서 꿈은 시작돼요

사진 속에서 움직이는 인물들은 사진이 찍힐 당시의 시간대를 살고 있지요

그러니까 사진에 포착된 하나의 풍경과 시간은 물리적 현실과는 유리된 채 독립된 하나의 시퀀스를 유지하고 있지요

눈에 보이는 것들이 꿈속에서도 종내 이미지의 결정권을 가지고 있겠지만 꿈의 내용과 분위기를 결정하는 것은 인간 스스로의 몫이지요

가령, 등나무 아래 누워 나는 꿈을 꾸어요

세상의 기둥을 왼쪽으로 감고 오르는 꿈, 등꽃처럼 환하게 보랏빛으로 상영되는 꿈

정말로 끔찍하고 잔인한 건 한 인간이나 짐승이 다른 인간이나 짐승을 미완성의 상태로 내버려두는 것이지요

나는 음악처럼 몇 개의 계곡을 거슬러 올라가요

계곡은 깊고 울창한 숲은 내 발밑에서 시원한 공기를 뿜어 올리구요

멀리 아련하게 산의 윤곽이 드러나요 나는 아주 부드럽고 자유롭게 하늘을 날고 있어요

산을 지나자 하나의 도시가 점점 나에게로 다가와요

나는 오늘 이 도시에 안착할 거예요

이 도시의 거리를 걸으며 도시의 속살을 만질 거예요

천사라고 불리는 외투, 외투를 입은 밤

천사의 음부는 홀로 고독하게 앉아 기다리고, 잊으며, 흐르는 시간 동안 한 곳에서 다른 곳으로 천천히 이동한답니다

파리의 카페 레 되 마고에 하염없이 앉아 있는 꿈을 꾸어요

어둑어둑해지는 거리를 바라보다 늦은 저녁이면 호텔

솔리튀드로 돌아와 저 스스로를 꿈꾸는 꿈

가끔은 엉덩이가 아름다운 파리지엔과 가뭇없이, 흔적도 없이 사라지는 꿈을 꾸지요

지친 싸움꾼들의 세상, 싸움꾼들에게 추억은 마지막 위안이 되는 법이지요, 추억이란 사람이 벌거벗겨졌을 때조차도 꼭 지니고 있는 비밀 무기이니까요

추억의 비밀 무기 중개상들이 밤이면 잠들지 않고 자신들의 꿈을 밀거래하는 그 항구의 이름은 '순록의 별'이지요

모든 불가능한 것의 가능성

모든 가능한 것의 불가능성이 포말처럼 일어나는 곳

국경을 초월해온 국적불명의 추억들이 낡은 창고에

쌓여 있어요

배는 이미 항구를 떠났지만 꿈은 여전히 항구에 정박해 있어요

바람이 불 때마다 출렁이며 서로 속삭이는 밀물과 썰물, 별들과 나는 함께 해변의 방파제를 걸어요

해변은 바다의 녹음실, 방파제는 파도의 레코더

그곳을 거닐며 그대를 위해 나는 단 한 곡의 음악을 작곡해요

그러다 추억을 다 탕진한 사람처럼 내가 눈을 비비고 이 세계의 본질적 풍경을 바라볼 때 그대는 나에게로 와요

은밀한 접선자처럼, 시선의 불꽃 속으로

내가 친구, 불 좀, 하고 말한 건 담배를 피우기 위해서가 아냐, 그건, 친구, 네게 말을 하고 싶어서였어

오래도록 비가 내려 불꽃이 필요했던 거야

눅눅한 꿈의 창가에 누워 있으면 하루 종일 빗방울들의 방문과 노크 소리, 하루 종일 누워서 빗소리를 들으며 꿈만 꾸고 있었던 거야

그토록 완강한 세계에 그토록 완강하게 편입되길 거부하며 내가 꿈꾸었던 것은 무엇이었을까

자리를 툭툭 털고 일어나 아무 일도 없었다는 듯 비내리는 거리를 걸었지

길을 걷다가 친구, 불 좀, 하고 말한 건 담배를 피우기 위해서가 아냐, 그건 친구, 그대에게 말을 하고 싶어서였어

타인이 건네는 말의 체온을 느끼고 싶었던 거야

그토록 완강한 침묵을 빠져나와 말을 걸고 싶던 그대, 그대는 내 생의 유일하고 성스런 외투였던 거야

난 이런 난장판 속에서 풀밭 같은 걸 찾으려 했어

그래, 그러나 설령 이 세상에 더 이상 풀밭이 없다 해도 나는 끝내 풀밭을 찾아 난장판 속을 헤맬 거야

그러니까 설령 꿈이라 해도, 부드럽게 응시하는 시선 속에서 서로를 따스한 외투처럼 한번 걸쳐보자

인간의 옷은 어쩌면 그가 지닌 것 중에서 가장 성스러운 것일 테니

아무 말도 하지 마, 움직이지도 마, 난 널 바라볼래, 널 사랑해, 친구, 난 이 난장판 속에서 천사 같은 누군가를 찾아 헤맸어

그리고 네가 지금 여기 있어, 널 사랑해, 그리고 남은 건, 맥주, 맥주

난 어떻게 이 얘기를 해야 할지 아직도 모르겠어, 이런 개판, 이런 쓰레기 같은 세상

친구, 그리고 언제나 비, 비, 비, 비

그대에게 뭐 이런 걸 말하려고 했던 건 아니지만, 뭐 그래도 안녕

오랑캐 텔레그라프지에 의하면, 불란서산 페리에 라임 탄산수는 쓰다

밤에 벌거벗고 목화밭의 고독 속에서 산책하며 말하듯 그렇게

여전히 중얼거리겠지만, 여기는 여전히 야만인의 사투리

비 내리는 항구의 시

뭐 그래도 안녕

카페 아바나

카페 아바나에 가면 붉은 휘장이 쳐진 무대엔 여섯 명의 악사들이 키사스, 키사스, 키사스를 연주하고 무대의 오른쪽 벽엔 체 게바라의 초상이 걸려 있지 마가목으로 만든 테이블엔 루머가 있고 비파나무 의자엔 장 드파가 앉아 있지 피아노 앞 테이블엔 욜이 홀로 앉아 무대를 바라보지 늙은 가수는 사랑을 노래하지만 우리는 말하지 사랑 같은 건 옛날에 다 했지 아마도, 아마도, 아마도, 우리는 그저 술 한잔 마시기 위해 카페 아바나에 들렀지 늙은 가수 뒤에선 그로쏘랑 루이가 춤을 추네 춤을 추며 말하네 노래 같은 건 옛날에 다 불렀지 카페 아바나에 가면 무대의 왼쪽 벽엔 희미한 가스등이 걸려 있고 야외 테이블엔 항갈망제에 취한 시코쿠가 앉아 중얼거리지 술 같은 건 옛날에 다 마셨지 카페 아바나에 가면 체리 핑크 맘보가 있고 주인장 초이는 카운터에 앉아 가끔씩 존다네 7번 테이블에 앉은 옥은 한 잔의 술을 마시며 말하지 오늘은 내 인생 최고의 날 졸기엔 인생이 너무 짧아 잠 같은 건 천년 전에 이미 다 잤지 카페 아바나는 영혼의 동지들이 모이는 곳 아마도 우리는 그저 술 한잔을 마시기 위해 그곳에 들렀지만 거기엔 인생의 친구들이 다 모여 있었지 무대 위 늙은 가수는 여전히 사랑을 노래하지만 우리는 말하지 사랑 같은 건 옛날에 다 했지

산타클라라

작은 당나귀를 탄 노인네는 어디로 가느냐는 질문에
쿠바로 간다고 말한다
그러곤 시가 상점으로 들어간다

왜 체 게바라를 좋아하느냐는 질문에
젊은 인력거꾼은 모두에게 이로운
혁명이라고 대답한다

모두에게 이로운 혁명!

걸어서 세계 속으로 쿠바 편이다
제목은 매혹의 질주다

나는 다른 제목을 생각해본다
걸어서 혁명 속으로 고독 편이다

산타클라라, 체 게바라가 묻혀 있는 곳

걸어서 나는 여기까지

모두에게 이로운 혁명에까지 왔다

노동절 산책

노동을 해본 사람만이 알지, 왜 노동절엔 간절히 쉬고 싶은가를!

노동절에도 쉬지 않는 직장에 하루 휴가를 내고 나만의 신책을 한다

메이데이의 꽃들이 화사하게 피어난 이대 후문 쪽을 걷는다

정문 쪽이 여인의 아름다운 사타구니 같다면 후문 쪽은 여인의 아름다운 엉덩이 같다

따사로운 햇볕을 받고 걷노라면 한나절 눌러앉아 자꾸만 그 풍경을 눈길로 쓰다듬고 싶어진다

민물 새우 끓어 넘치는 시골 툇마루가 아니라도 좋아라

은빛 비늘 반짝이며 흘러가는 하동 평사리 백사장 강

물결이 아니라도 좋아라

마음은 이미 봄빛이다

봄빛 물빛 출렁이는 수색에나 갈까

모래내 가서 잔뜩 물오른 실버들이나 보고 올까

하늘하늘 피어오르는 하늘빛 아지랑이 타고 교토 금각사에나 다녀올까

교토에 가서 순환버스에 두고 내렸던 종이컵이나 찾아올까

은각사 근처 마을 뒷골목에서 만났던 자전거를 타던 그 소녀나 다시 만나고 올까

소녀는 벌써 아름다운 처녀가 되었겠지

그 소녀를 다시 만나 교토역 뒤편의 라멘집에서 밤새 술잔을 기울인다면 세상 사람들은 내 뒤통수에 대고 얼마나 많은 욕을 할까

욕먹을 때를 대비해서 꽁지머리나 묶어야겠다

아 오늘 같은 날은 한없이 걷고 싶어라

어이없이 실종하고 싶어라

수색에서 교토까지 한없이 걸어가다가 문득 깨닫는다, 나는 자발적 환자, 자발적 노동자, 자발적 몽상가

나뭇잎들은 저만치서 새들의 소리를 내고 있다

조용히 타오르는 나뭇잎의 느린 떨림 속으로 나는 걷는다

고독이 거기에 있었나 보다, 나뭇잎들

몽상처럼 천천히 타오르는 저 맑은 샘물의 종소리

오늘은 그 종소리까지만 산책하기로 한다

武川

그곳은 오랑캐들이 사는 나라

두 개의 달과 천 개의 별이 뜨고
단 하나의 심장을 지닌 바람이 부는 곳

우리는 하나의 태양이 질 때까지 술을 따르고
천 개의 태양이 다시 뜰 때까지 술을 마시지

생은 우리들의 취미
취미가 아름다워질 때까지
우리는 술잔에 삶을 따른다
술잔에 담긴 삶을 마신다

사랑은 우리의 습관
노동은 우리의 사랑
우리는 습관처럼 사랑하고 사랑만을 노동한다

그곳은 영혼의 동지들이 모이는 곳

南蠻

십이월 찬 비바람이 몰아치고
나는 문득 남만에 대하여 생각하는 것이었다
찬바람이 쳐서 나뭇잎들은 뿔뿔이 흩어지려는 것이었는데
남해나 통영, 강진이나 해남
나는 문득 그리운 남만을 생각하는 것이었다
남쪽에 무슨 그리운 것들을 두고 왔던가
아무리 생각해도
따스한 햇살 한 조각 떠오르지 않는 것이었는데
양푼 속에서 끓어오르던 한 줌의 눈송이는
어느 겨울 저녁
외롭고 가난한 이의 따스한 양식이 되었나
나는 문득 가랑잎처럼 스러져가던
가녀린 남만을 생각하는 것이었다
눈송이들 뽀얗게 날려 저녁 불빛에 비낄 때면
흩어져가는 것들의 아득한 슬픔을 생각하고
흩어졌다 다시 모이는 것들의 따스한 결속을 곰곰이 생각하다가

나는 문득 십이월 찬 비바람이 몰아쳐서

그것들이 남겨놓은 허공에 나의 시선을 걸어두고는

겨울비 내리는 처마 끝에서

우두커니 담배나 피우며

나의 그리운 남만을 되새김질하는 것이었다

토성의 영향 아래

오늘은 하루 종일 음악을 노동하였다

북관에서 통영까지는 걸어서 한 달 보름, 비가 올 때마다 뒤에 남겨진 발자국들은 작은 연못이 되고 가장자리는 둔덕을 이루어 습지로 이어졌다

오리들은 오리 안에서 오락가락하고 왕십리는 십리 안을 왔다 갔다 하였으나, 가을이 가파르게 가을러서 나 온종일 나의 병을 음악하였다

저녁이 되면 출출한 심사에 국수를 삶아 먹고 별들의 피안을 바라보기도 하였지만 봉창을 열면 왕십리를 한 바람과 오리들, 강의 은댕이에 곤히 잠들어 있었다

아주 많은 어둠이 가고도 여태 남아 있는 밤이 고조곤히 밀려왔을 때 갈대도 갈매나무의 노래도 모다 잊은 채 나 오롯이 고독과 더불어 대작하였다

국수 분틀 같은 연통 끝이 바람결에 돌아가며 아름다운 이무기의 노래를 불러주었지만 강물은 밤새 울음소리를 삼키며 북관을 지나 통영 앞바다로 흘러서 갔다

토성의 영향 아래, 오늘은 나 하루 종일 그대를 노동하였다

감정 노동

오늘은 감정을 노동하였다

하루 종일 비가 내려 집의 외벽들이 젖어가는데 나는 배고픈 짐승처럼 집의 내장에 웅크리고 앉아 무한의 바람결을 뒤적이며 한 움큼의 슬픔을 노동하였다

세계의 뒷골목에서 우연히 마주친 코끼리 군은 흡혈귀가 쫓아온다고 마늘을 사러 가는 중이었고 상강의 도린 곁에서 만난 가엾은 모기 양은 사막화된 피부의 건천을 따라 유목민처럼 떠돌았다

감정은 그때마다 빗물을 따라 바다로 흘러갔지만 마음의 습지에 다시 한 모금의 물을 부으며 나는 새로 돋아나는 내면의 지도와 영토를 오래도록 생각하였다

침묵은 코끼리 군이 지나간 발자국마다 고이던 물웅덩이

고독은 모기 양이 점령한 곳으로부터 부풀어 오르던 한 점의 영토

오늘은 창문을 열고 하루 종일 감정을 노동하였다

떨어지는 빗방울을 시선의 어깨에 외투처럼 걸친 채 온종일 담배 연기로 유령하였다

내가 담배를 피울 때마다 담배 연기 속 소립자들은 머나먼 행성에 착륙한 우주선처럼 새로운 감정의 지도와 영토를 보여주었다

여기는 낡았고, 여기는 새로우며
여기는 더 이상 그곳이 아니다

여기는 낡았고, 여기는 새로우며, 여기는 더 이상 그곳이 아니다

나의 현존, 내가 숨 쉬는 곳, 나의 숨결이 공기들의 파동을 일으키고 그대의 가슴 속으로 스며든다

저녁이면 더욱 빛나는 고양이들의 눈동자와 애꾸눈의 달빛, 내 마음은 오래도록 정전이어서 달빛과 고양이의 눈동자에 의지해 글을 쓰는 여기는 낡은 곳, 천막처럼 낡아서 바람에 마구 펄럭이는 곳, 이곳의 공기들은 아직도 여전히 그대의 숨결을 닮아 있다

오래되고 낡은 탁자 위에 몇 방울의 알코올을 흘리며 술을 마시는 저녁, 검은 아스팔트 위로는 하루 종일 비가 내리고, 날개를 단 두 개의 전구, 창틀의 옆구리에 돋아난 두 개의 날개

나무토막으로 만든 상념, 우기의 날들 속에서 타오르

지 못하는 상념의 습기들

누군가 생의 주방에서 톡톡톡톡 삶을 요리하는 소리

아주 오래된 밤은 음악에 의지하지 않으며, 아주 오래된 밤은 나태하지 않으며, 아주 오래된 밤은 고독하지 않다, 왜냐하면 아주 오래된 밤은 저 스스로 음악이며 나태이며 고독이기 때문이지

오지 않는 누군가의 안부를 기다리는 것은 사막의 지평선을 바라보며 그리운 한 무리의 隊商을 기다리는 것

그럴 바에야 차라리 검은 밤하늘에 반짝이는 별빛의 모스 부호를 타전하며 암전된 사구의 한편에서 고요히 늙어가는 것이 현명한 일

여기에 앉아 있으면 검은 아스팔트 위로 날아오르는 천사를 볼 수 있을지도 모른다

탁자가 없는 사람에게 시가 없는 것과 마찬가지로, 영혼이 없는 사람들에게는 천사가 없으므로, 나는 때때로 천사도 시도 꿈꾸지 않는다

사물에 결부된 고독과 고독에서 파생되는 환멸감에 저항하기 위하여, 나는 나와 관련된 사물들을 삭제하고 자꾸만 어두워지려는 고독의 저녁에 한 모금의 불꽃 같은 술을 마신다

영혼의 구원 같은 걸 꿈꾸지 않는다면 여기에서 이렇게 낡아가고 늙어가고 조금씩 사라져가는 것도 나쁘진 않으리라

그대의 영혼이, 바람이 불어온 먼 곳을 꿈꿀 때, 나는 그 먼 바람의 끝에서 아주 작은 미련이며 꿈조차도 딱딱한 사물로 환원시키며 환멸도 환상도 그 무엇도 아닌 정직한 하나의 사물로 고요히 남는다

기울어진 지구의 오후, 유동하는 구름들의 마음

나는 사물들의 이동을 조용히 관찰하며 그것들이 고요와 평화 쪽으로 스스로 그렇게 옮겨가는 것을 본다

시의 이동, 바람이 불고 오후가 흔들릴 때, 나는 흔들리는 탁자 위에서 위태롭게 그대에게 편지를 쓴다

여기에 이렇게 오래 앉아 있으면 검은 아스팔트 위로 날아오르는 그대를 볼 수 있을지도 모른다

다른 삶을 살고 싶어요

레게 머리를 출렁이며 공을 차요
아마도 그게 밥 말리 인생의 정점이었을 거예요
문득 떠오르는 얼굴이 있어요
그 사람과 함께 평생을 보냈다면
내 인생은 어땠을까
가끔은 그런 상상을 해요
아직 내가 지구에 살고 있다는 게 신기해요
내가 알던 많은 사람들은 이미 다른 행성으로 이주했지요
그 이후엔 소식들이 없네요
가끔 혼자 술을 마시는 밤이면
문득 문득 그리운 사람들이 떠올라요
그립다 말을 할까
하니 그리워지는 그런 사람들 말이에요
나의 음악은 울음으로부터 시작되었다고
밥 말리는 말했던가요
나의 음악은 아직 시작되지도 않았는데
나의 울음은 이미 끝나버렸네요, 율리아나

아부데바의 피아노 연주곡을 들어요

다른 삶을 살고 싶어요

이곳이 아닌 다른 행성으로 이주하고 싶어요

아무도 아는 이 없는 낯선 곳에서의 삶

그림자가 끝난 곳에서의 새로운 삶

레게 머리를 출렁이며 공을 차고 싶어요

스프링으로 묶인 누런 갱지 노트에 시를 쓰며

이동 천막에서 매일매일 다른 삶을 살고 싶어요

바람이 불 때마다 출렁이며 새로 시작되는 삶

바람이 불지 않아도 여전히 펄럭이는

중력과 무관한 삶

나를 따라다니던 그림자를

이젠 조용히 여기에 두고 떠나요

내가 좋아하는

고독의 돌멩이 하나만 가방에 넣고

다른 삶으로 가요, 그래요

다시 날아오르진 못할 거예요

뭐 그래도

안녕

붉은 스웨터를 입은 기타

처음에는 아무것도 없었다, 아마 없었을 것이다, 없음을 전제로 하여 별빛들이 천천히 돋아났을 것이다

별빛 사이로 시간의 말이 지나가면서 발자국이 생겨났을 것이다, 그 발자국을 우리는 행성이라고 불렀다

까마귀들이 밤하늘에서 별빛들을 물고 지상으로 날아오고 있었다, 우리는 그것을 음악이라고 불렀을 것이다

그대가 처음부터 음악이라고 불린 것은 아니었다, 그대는 처음에는 빛의 한 부분이었고 소리 없는 풍경이었을 것이다

소리 없는 풍경이 그림자를 이루는 세계에서 나는 오래도록 그대를 꿈꾸었을 것이다, 꿈속의 그대가 새파란 나뭇잎으로 돋아난 것은 수백만 년 후의 일일 것이다

시간들이 섞이면 하나의 단단한 물체가 된다, 그대는 내가 꾼 꿈들이 만들어낸 단단한 결정체였다

시간들이 흩어지면 하늘에서는 새들이 날고 새들은 영혼의 시뮬라크르였다

영혼은 그렇게 복제되어 영원의 하늘을 난다, 고독으로 충만한 세계에서 나의 그림자를 먹고 자라는 별빛들이여

오늘 나는 그대를 나의 음악이라 부른다

사막의 긴 언덕을 지나온 나는 시간의 모래밭을 통과해 그대의 오아시스에 가닿는다

그것이 설령 하나의 거대한 환상일지라도 나는 꿈에 취해 평생의 사막을 대상처럼 횡단하노니

그대여, 붉은 스웨터를 입은 기타여, 내 고독의 음악이여

나전 장렬

나전은 비단밭
햇살은 장렬
햇살 좋은 날에는 나전 장렬에나 가야지
그곳에 가서 낮은 언덕엔 뽕나무 심고
가파른 비탈에는 산머루나 길러야지
아침 늦게 눈뜨면 새소리에 귀를 씻고
툇마루에 걸터앉아 상추쌈에 된장국 늦은 아침을 먹어야지
풀꽃 향기 자욱하게 흐르는 앞 강물에
설거지를 하면 오전이 다 지나갈 거야
먼 곳에 대한 그리움 같은 건
마음속에 장뇌삼처럼 묻어두고
그곳에서 고독이나 장렬하게 피워 올리다 보면
새들은 햇살을 물고 석양으로 사라졌다가
다시 황혼녘 어둠을 물고 자작나무 산그늘로 스며들겠지
나전은 비단밭
고독은 장렬

고요하게 바람 부는 날에는 나전 장렬에나 가야지
그곳에 가면 청춘이 피워 올린 장작불도 조금씩 사그라들어
잔설 위엔 빛나는 달빛의 밤이 찾아오리니
아궁이에 남아 있는 바알간 숯불로 밤을 밝히면
숨죽였던 사랑도 고요히 피어오르겠지
때늦은 사랑의 밤은 봉창에 어리는 꽃그림자로 피어나리니
마음은 산머루처럼 깊어가고
강물은 음악 소리를 내며 밤새 흘러가겠지
빛나는 고독의 문턱으로 달빛 쏟아지는 밤이면
인생은 여전히 외로운 한 마리 짐승일 테니
꿈꾸듯 조금씩 그대를 사랑해야지
나전은 비단밭
그대는 생의 장렬이니
나 그대를 환하게 꿈꾸는 생의 낮과 밤에는
당나귀 타고 타박타박
비단밭 장렬에나 가야지

시

모든 것은 실체가 없다

사랑할 때만 실체가 돋아나는 종족이 있다, 그들이 속삭이는 언어는 시에 가깝다

*

오늘은 나뭇잎 몇 개 노오랗게 물들어가고 있다, 저것이 급진 오랑캐들이다

오늘은 떨어지는 나뭇잎 몇 개 밟으며 새 한 마리 허공을 가로지르고 있다, 저것이 오랑캐의 유일한 영혼이다

*

시, 검은 스웨터를 입은 새

오직 사랑하는 자만이 살아남는다

멀리 순록 떼가 지나가는 밤이다

순록은 점진적으로 이동하는 인류의 가장 오래된 시, 여전히 진행 중인 아주 긴 시

녹색 별 아래 순록은 음악을 듣는다, 그는 순록을 위한 음악을 작곡한다, 그러니 일단 이렇게 말할 수밖에 고마워요 박정대

내가 그를 만난 것은 어느 겨울날이었다, 나는 그에게 단 한 가지 질문만을 했다, 그의 말을 그대로 질문으로 바꾼 것이었다

— 오직 사랑하는 자만이 살아남는다고 당신은 말했다, 그 말의 의미는 무엇인가?

아래 이어지는 내용은 <오랑캐 텔레그라프지, 목소리의 결정>에 실린 그의 대답이다, 나는 고요히 그의 음악을 듣는다

오직 사랑하는 자만이 살아남는다

말 그대로의 의미다, 대상과 시간성의 문제를 떠나 만약 영혼이 존재한다면 그 '만약'을 가능케 하는 것이 사랑이다

나는 사랑을 잘 모른다, 전직 천사였던 내가 인간이 되려고 했던 유일한 이유는 사랑 때문이었다, 그러나 나는 여전히 사랑을 잘 모르겠다, 인류의 무분별한 탐욕이 내가 인간이 되려고 했던 이유를 망쳤다

그러나 난 아직도 사랑에 대한 탐구를 멈추지 않았다, 아니 이 말은 잘못된 것이다, 엄밀히 말하자면 사랑에 대한 탐구가 아니라 전체와 무한을 넘어서는 유일무이한 한 개체에 탐사이다

내가 꿈꾸는 사랑을 위해 나는 이 세계를 적극적으로 개선하고 싶다, 이 세계를 사랑에 최적화된 공간으로 바꾸고 싶다, 그러나 나의 꿈은 멀고 그 가능성은 매우 희

박해 보인다

나는 인간이 되기 위해 사랑을 시도했지만, 아니 이 말 역시 잘못되었다, 나는 사랑하기 위해 인간이 되려고 했지만 그 시도는 언제나 실패였다

나는 아직도 지상에 발 딛지 못하고 허공을 떠도는 존재다, 그러나 여전히 내가 인간이 되고 싶은 날은 천사의 외투를 빌려 입고 시를 쓴다

나는 오직 시에서 인류의 희망과 미래를 본다

나는 시를 말하려고 한다

붉은 시 한 마리가 밤새 가슴속 열두 개의 계절을 지나 검은 숲으로 고요하게 걸어가고 있다

나는 시를 말하려고 한다

시는 밤새 내린 눈, 아무도 걸어가지 않은 눈밭을 걸어가는 발자국, 세상을 조롱하는 바람, 아침의 창문, 세상을 향해 처음으로 피워 올리는 담배 연기의 깃발

나는 시를 말하려고 한다

대낮부터 저녁까지 나는 셜록 홈스 선술집에서 술을 마시고 있었다

백색왜성, 암스테르담의 백야를 기억한다 환승 공항에서의 짧은 흡연 시간, 공항 유리창 밖으로 흐르던 내륙의 백야를 기억한다

고비 사막을 지나온 태양의 열렬한 환호성, 해가 지지 않던 이상한 저녁의 풍경을 기억한다

어느 곳이라도 주막을 찾아 나서고 싶던 그런 저녁의

감정을 기억한다 암스테르담의 환한 밤 열시를 기억한다

나는 시를 말하려고 한다

나는 왜 그들의 삶을 다시 들여다보는가

모든 행위에는 분명한 이유가 있을 것이므로 인간의 이기적 탐욕이 이룩한 흉흉한 도시의 심부에서 나는 프록코트를 입은 공산주의자를 회상하고 트리어 선술집을 전전하며 자신의 분노를 하나의 명백하고 견고한 이론으로 완성해나가던 수염의 현자를 생각하는 것이다

고통이 있었고 많은 고통이 내부가 아닌 외부에서 온 것을 그들은 그 누구보다도 빨리 알았던 것이다

자신을 둘러싼 이 세계가 바뀌지 않는다면 열악한 개인이 할 수 있는 일은 무엇일까

세계를 개선하려는, 혁명하려는 지난한 사투이거나 자신의 몰락을 구체적으로 실현하는 것 외에 개인이 할 수 있는 일은 없으리라

나는 시를 말하려고 한다

담배를 만드는 노동자들이 담배를 마음대로 피울 수 없는 사회는 올바르지 않다 아니 옳고 그름을 떠나 무엇인가가 잘못되어 있는 것이다

잘못의 근본적 원인은 참으로 명백한 것인데 사람들이 어찌 저항하지 않고 분노하지 않는가

나는 시를 말하려고 한다

그런 상황에서도 저항하지 않고 분노하지 않으며 감정 표현을 자제한다면 그는 이미 본질적인 인간성마저 상실한 것이다

트리어 선술집을 전전하던 엥겔스와 마르크스의 삶을 읽으며 나 자신을 본다

미래라는 말의 허위성, 현재라는 말의 불가해성, 과거라는 말의 어폐, 모든 시간은 흘러가지도 다가오지도 않으며 혼재해 있을 뿐이다

나는 혼재된 시간의 한 모서리에서 영혼의 동지들을 본다

그들이 나의 삶이다

나는 시를 말하려고 한다

밤은 아름답다 밤의 축구는 슬프다 꿈틀거리는 육체들의 대화, 육체의 악보처럼 펼쳐진 축구는 슬프다

런던 자비스 호텔의 지배인처럼 슬프다 런던에서 벤츠 택시를 몰던 기사처럼 슬프다

고통이 감내하는 그라운드의 공허, 공을 몰고 가는 근육들의 허무, 그러나 허무를 향해 질주하는 인간들은 아름답다

그러나 또한 영혼의 깃발을 펄럭이며 여전히 헐떡이는 육체는 슬프다

축구는 한 권의 책, 축구는 세상의 모든 책, 상대적이며 절대적인 축구 지침서는 이 세상에 없다

지침에 따라 움직인다면 축구는 여전히 슬픈 것이다

차라리 시원한 맥주를 마시며 축구를 관람하는 것이 아름다운 인생이리라

인생은 허무가 생산하는 슬픈 그라운드, 잔디들은 푸르고 그 푸름조차도 인공적인 것이지만 이 세상에 인공적이지 않은 사랑이 어디에 있는가

아서 코난 도일은 아름다운 추리 소설을 썼지만 그 아름다움을 훔쳐 판매하는 자본주의의 하늘은 여전히 푸르다

씌어진 모든 글들의 심장을 갉아 먹고 자라는 자본주의의 하늘 아래서 시인은 그 모든 것에 저항해야 한다, 심지어는 자신에게까지도

그러지 않는다면 심장을 다 갉아 먹힌 시인은 끝내 자본주의의 하늘을 유령처럼 떠돌다 스스로 연기처럼 사라지리라

산 미구엘을 마시면 나는 왜 자꾸 런던의 워터 베이 생각이 나고 인도풍의 술집들이 생각날까

자정 너머 흥청거리면서도 적막하던 런던 자비스 호텔의 바가 생각나는 것일까

돌아갈 수 없는 시간은 여전히 순환되고 그리하여 우리는 다시 그 시간으로 돌아갈 필요가 없는 것이다

이미 내가 간절히 꿈꾸는 그곳으로 시간은 다시 돌아오고 있으므로 밤은 아름답고 밤의 축구는 여전히 슬프다

나는 시를 말하려고 한다

아름다움이 완성하는 요리는 무엇일까 나는 나만의 궁극의 레시피를 생각해본다

나는 시를 말하려고 한다

밤은 고양이처럼 눈을 반짝이며 왔다 나는 심장의 등

불을 밝혀 고양이를 사랑하였다

나에게 외계의 말을 건네던 고양이는 왜 어느 날 종적을 감추었을까

고양이가 사랑이라면 밤은 사랑의 현현이리라 나는 아무 목적도 없이 미래도 없이 그렇게 검은 고양이를 사랑하였다

나는 시를 말하려고 한다

고양이를 공동으로 관리하는 구역이 있다 고양이를 싫어하는 사람과 좋아하는 사람의 일종의 공동 관리구역인 셈이다 고양이가 사랑이라면 사랑의 공동구역이라는 것도 있을까

인간은 참으로 알 수 없는 복잡 미묘한 동물임에 틀림없다 인간 공동구역도 존재할 수 있을까, 거의 불가능하

다는 생각

고양이 공동구역이 사랑의 공동구역이라면 만약에 그것이 잘 유지될 수 있다면 복잡한 인간에게도 다소간의 미래는 있을 것이다

나는 시를 말하려고 한다

아침에 일어나서 화초에 물을 주고 세수를 하고 탁자 앞에 앉았다

오늘의 음악은 벨벳 언더그라운드의 선데이 모닝부터 시작한다

경쾌한 사운드에 실려 들려오는 힘을 다 뺀 듯한 루 리드의 목소리가 좋다 두 번째 곡은 제목이 뭐지? 잘 기억나지 않는다

단순한 리듬에 실린 소리들은 과연 나를 어디로 데려다줄 것인가, 어디까지 데려다줄 것인가 볼륨을 낮추고 창밖을 본다

계절은 흘러가지도 다가오지도 않고 그냥 그 자리에 그대로 멈추어 있다

시가 6미리가 다 떨어져 말보로 레드를 피운다 말보로를 피우면 가래가 더 많이 생긴다 그래도 말보로를 피우고 싶을 때가 있다 세 번째 곡이다 역시 제목이 생각나지 않는다 그냥 듣기로 한다

노래의 제목을 꼭 알아야 하는가? 어떤 새들은 하루 종일 울음을 통해 생을 표현한다 울음에는 분명 한 생이 있다 그 생은 아마 누군가의 섬세한 청각을 통해 받아들여지고 완성되리라

드디어 비너스 인 퍼스다 상황에 따라 다르게 들리는

이 노래가 나는 좋다 음악 중간중간 들리는 인도 악기 같은 것의 끼익끼익 하는 소리도 좋다

이 노래를 듣다 보면 한 천년 잠들고 싶어진다

갑자기 생에서 모든 것이 빠져나간 듯 피로함이 몰려오기도 한다

담배나 한 대 피우며 잠시 쉬어야겠다

세블린, 나도 이제는 좀 쉬고 싶다오

나는 시를 말하려고 한다

치열하고 격렬했던 축구의 한 시즌이 끝나고 휴식을 닮은 바람이 분다

나는 치열했으나 고뇌하지 않았고 나는 격렬했으나

선의의 심장을 가지고 있지 않았다

그러나 반성하지 않을란다 삶은 언제나 치열하고 격렬하게 뜨거웠던 것 반성하는 삶은 이미 삶에서 벗어나 있다

모든 것이 끝난 뒤에 오는 고통을 수반한 나른한 몽상에 잠긴다

어느 순간 몽상도 끝나고 나는 고요히 잠들리라 차가운 심장의 계절 속에 얇은 이불을 덮고 더 이상 몽상도 꿈도 없이 잠들리라

나는 시를 말하려고 한다

아침에 일어나 커피를 마시며 축구 중계를 본다 담배를 피운다 축구는 한 곡의 장엄한 미사곡 담배는 꿈틀거리며 타오르는 한 마리의 혁명

지금 내가 앉아 있는 여기는 어디인가

세상의 모든 장소이다

담배를 피워 물고 내면의 가장 깊은 곳으로 출근하는 세상의 모든 아침이다

움직이지 않는 장소의 유동성을 생각한다

사실 장소들은 미세하고 섬세하게 움직이고 있다 그것은 단순히 심리적 헤드뱅잉의 부산물이 아니다 결정적 유동성을 모든 장소들은 지니고 있는 것이다

지금부터 내가 말하려는 담배에 관한 이야기는 어쩌면 움직이지 않는 듯 보이는 장소들의 결정적 유동성에 관한 것이다

켄트 부스트에서는 헝가리 대평원을 달리던 말발굽 소리가 난다, 박하 향이다

팔리아멘트는 히말라야 등정을 마치고 피워야 한다, 그 이유는 피워보면 안다

고독이 섬세하게 몰려간 산등성이에 발자국들은 작곡된 음악처럼 남아서 바람에 작은 노래를 들려준다

어디에선가 화목난로의 불꽃들이 따스하게 피어오르고 있을 것이다

이런 날에는 성냥불을 켜고 비 내리는 축구 경기를 보아야 한다

운동장에는 아직 젖지 않고 뛰어다니는 불꽃들이 있다 비는 계속해서 내릴 것이다

체는 아껴서 피우자

하루에 원고지 백 매, 열흘 동안 나는 원고지 천 매의 짧은 책을 쓰려고 한다

담배에 관한 아주 짧고 아름다운 한 권의 책, 그 책은 어쩌면 내 인생에서 가장 아름다운 책이 될 것이다

나는 시를 말하려고 한다

담배에 관한 책은 내가 쓰마 그대는 선언하라

'나는 자유의 불꽃을 원한다, 혁명의 본질은 담배 한 대를 자유롭게 피우기 위한 것, 그러니까 이 세계의 담배 창고를 선점하라'

나는 시에 대하여 말하려는 게 아니다

나는 시를 말하려고 한다

구룡포 과메기를 먹는다 굴찜을 먹는다

창밖에는 하염없이 눈이 내리고 여기는 급진적으로 밀물과 썰물이 교차하는 고요한 오랑캐 해안이다

눈 내리는 날 오랑캐들의 회합이다

멀리서 온 밀사는 담배 한 보루를 들고 왔다 무수한 불꽃의 내면을 간직한 밀지 한 보루

눈이 그쳤다 비가 내린다 비가 그쳤다 해안에서의 경기는 계속된다

나는 시를 말하려고 한다

대담은 한 권의 신선한 문학이다 나는 궁극적인 대담

문학을 꿈꾼다

정오의 시간, 나는 벌써 졸린다 하루에 백 매의 원고를 쓸 수 있을까 나는 그것이 궁금하다 궁금하니까 눈꺼풀을 껌벅이며 한번 해보는 것이다

마야인의 달력에 의하면 인류 종말의 해는 이미 지났다 나는 그냥 무덤덤하게 담배를 피우며 그러한 사실을 기록할 뿐이다

마야인의 달력에 의해 망하지 않더라도 인류는 언젠가 망한다 그것이 진실이다

나는 시를 말하려고 한다

거의 열흘 동안 단 한 줄의 글도 쓰지 않고 텔레비전에서 중계되는 축구 경기만 보았다

축구는 분명 한 곡의 장엄한 음악이다 인류는 그것을 알고 있기 때문에 위대해질 수도 있는 것이다

연어들도 온몸으로 생을 드리블한다

한밤의 축구 경기는 아주 매력적이다 더욱이 한겨울밤의 축구 경기는 말할 나위가 없다

그러나 그대는 말한다 축구는 축구고 담배는 담배다

나는 왜 그런지 잘 모른다 잘 모른다는 것이 나의 본질 중 하나다

시가 하나 생각났다 아니 시가 생각난 것이 아니라 정확히 말하자면 시적인 어떤 감정이 내밀한 곳으로부터 치솟아 올랐다

나는 시를 말하려고 한다

무인 사과 판매소는 국도변에 있었다 한 봉지에 3달러 하는 사과를 사서 물 대신 달게 먹었다 남반구의 11월은 북반구의 11월보다 따스하다 남반구에 크리스마스의 계절이 다가오고 있는데 돌고래들은 경쾌하다 물개 서식지에는 물개들이 서식하고 있었다 무인 사과 판매소는 국도변에 있었다 나는 사과 한 봉지를 사서 여행길에 먹었다 가슴 깊은 곳에서 사과의 말들이 치솟아 오르고 있었다 사과를 하고 싶은데 사과를 받아야 하는 사람들이 너무 멀리 있다 나는 남극 대륙에 가까운 곳에서 무인 사과 판매소를 지나 태즈메이니아 섬의 끝에 서 있었다

나는 시를 말하려고 한다

커피를 마신다 커피는 한 마리의 시 담배는 수천 마리의 별 축구는 수만 장의 악보

자구의 새벽이다

프랑크푸르트 공항에 머문 적이 있다 나는 그곳에서 담배를 피웠다 런던으로 가는 길이었다

글마다 담배 이야기가 나온다 사람들은 왜 글에 그렇게 담배 이야기를 쓰느냐고 묻는다

나는 아무런 대답도 하지 않는다 그냥 담배 한 대를 피울 뿐이다

나는 시를 말하려고 한다

탱고 음악을 틀어놓고 볼륨을 줄인 축구 경기 중계를 본다 모든 것의 장소를 생각해보는 새벽이다

피아졸라의 음악은 의외로 축구와 잘 어울린다 의외가 아니다 아주 잘 어울린다

한 잔의 물을 마시고 두 대의 담배를 피운다

인간과 어울려 살 수 있는 일들을 생각해보는 새벽이다

누군가를 사랑하고 아주 사적인 아름다운 영화를 만들고 함께 축구 경기를 보며 심리적 허기 없이 살고 싶은 날들이다

연민과 함께 깨어 인간을 생각하는 새벽이다 고독이 무르익은 담배 연기처럼 번지는 새벽이다

나는 보이저 1호가 돌아오길 바라지 않는다 보이저 1호가 우리를 더 확장하길 바란다 헛된 희망이 인류를 망쳤다

나는 혼자다 그러나 혼자라고 외치지 않는다 인간은 누구나 혼자다

피아졸라의 음악을 들으며 축구 경기를 보는 새벽은 피아 졸라 고독하다 원래 그런 것이다

나는 시를 말하려고 한다

새벽이면 떠오르는 어떤 이름 어떤 목소리의 결정

나는 시를 말하려고 한다

먹구름 사이로 언뜻언뜻 푸른 하늘이 보이고 나는 여전히 셜록 홈스 선술집에 앉아 대낮부터 술을 마신다

유목의 한 생애, 술을 마시지 않는다면 어찌 견딜 수 있겠는가

옛 동무들의 연락은 끊어진 지 오래, 나는 고요히 흐르는 구름을 벗 삼아 낮술을 마신다

침략당하지 않은 마음의 초지가 아직은 이토록 푸르러 말들은 히이힝 꼬리를 흔들며 울음 울고 그 푸른 울음의 곁에서 나는 취해간다

사랑이여 나를 찾지 마라

나는 셜록 홈스도 찾을 수 없는 셜록 홈스 선술집에서 그대에 대한 그리움을 장물처럼 심장 깊숙이 묻어놓았나니, 그대가 수소문한 세상의 어떤 풍문으로도 나의 흔적을 발견하지 못하리니

사랑이여 두 번 다시 나를 찾지 마라

흔전만전 취한 한 시절만이 푸른 말 위에서 흔들리며 가노니

나는 시를 말하려고 한다

아니 나는 시를 말하려는 게 아니다

목소리의 結晶, 나는 시를 녹음한다

애도 일기를 적어나가는 인류의 마지막 밤, 나는 그가 남긴 목소리의 결정을 모아 순록에게 들려준다

순수한 것들만이 녹음되는 지금은 순록의 밤, 오직 사랑하는 자만이 살아남는다

그러니 다시 이렇게 말할 수밖에 파르동, 파르동 박정대

어이쿠 하이쿠, 안녕

저것은 무한의 바람

☆

에르네스토, 내 친구

참을 수 없는 존재의 쓸쓸함이 나로 하여금 이 시를 쓰게 한다

아침이면 영혼을 한 스푼 물에 풀어 커피를 마신다 그것은 어쩌면 애도의 방식, 하루를 잘 시작하려는 나의 결연한 의식

지구의 구석진 다락방에서 담배를 피우면 세상의 계절과 나는 차단되어 있다

차단된 계절의 안쪽에서 창문을 조금 열어 나는 세계의 날씨를 조용히 읽는다

고독의 문장, 그런 게 있다면 지금 이곳으로 와 씌어져야 한다

나는 처음부터 완성된 고독 그래서 세계의 심장에서 흘러나와 또 다른 세계의 심장으로 흘러가며 한줄기 침묵의 서신을 그대에게 쓴다

에르네스토, 내 친구

세상의 그 무엇하고도 쉽사리 결사할 수 없는 나는 그래서 결사적으로 고독하다

고독이 닦아놓은 길, 고독이 넓혀놓은 지평선을 바라보며 나는 창문을 열어 내일의 풍경을 바라본다

나는 저 먼 하늘에서 수평선까지 곧장 일직선으로 떨어져 내려오는 빗방울 나는 하강의 천사

그러나 지금 나의 시는 구름의 바지를 입고 허공을 떠돈다

에르네스토, 그대는 총을 들고 이 세계의 심장부로 곧장 진격했지만 난 더 이상 손에 들 것이 없다

지금 내가 손에 들 수 있는 유일한 무기는 허무, 허무를 움켜쥔 단단한 고독

나는 허무를 움켜쥐고 한 점의 열기가 되어 맹렬히 세계의 내면으로 잠입한다

에르네스토, 내 친구

나는 아침마다 혁명의 영토로부터 온 담배를 피운다

내가 내뿜는 담배 연기가 이 세계를 흔들고 잠든 영혼을 일깨우는 깃발이었으면 좋겠다

탐욕스러운 권력과 거기에 기생하는 아첨꾼들의 뒤통수를 후려갈기며 지금 내 눈앞에 펼쳐진 썩어빠진 자본

주의의 풍경을 마구 흔들었으면 좋겠다

아첨꾼들이 조직한 법령 속에서 매일매일 신음 소리조차 내지 못하고 죽어가는 많은 사람들

그들이 속 시원히 내뱉는 한숨이었으면 좋겠다

이곳의 사람들은 자유를 잊은 지 오래다

오로지 생존의 본능을 삶의 유일한 지표로 삼은 지도 오래다

나는 거대한 침묵이 물에 풀어지는 커피 알갱이처럼 풀어져 쓰디쓴 분노로 뒤바뀌는 것을 본다

저들이 언젠가 한꺼번에 끓어올라 뒤집어지며 이 세계를 온통 커피 물로 물들이리라는 것을 안다

내가 아침마다 피우는 담배 연기가 언젠가 누군가의 깃발이 되어 이 세상에 온통 펄럭이리라는 걸 안다

그래서 나는 오늘도 홀로 허공을 향해 힘센 허무의 풀무질을 한다

세계의 고독이 허무를 도와 나뭇잎 광장으로 집결할 것이다

에르네스토, 내 친구

지금 나를 이끄는 유일한 사령관은 커피와 담배, 사소한 한담과 농담에도 이 세계는 사령관의 눈치를 본다

커피와 담배가 있어 아침마다 나는 혁명을 꿈꾼다

내가 인류를 위해 시를 쓰는 지금은 천사의 시간

나는 오늘도 이 시를 쓰기 위해 천사의 외투를 빌려 입는다

나는 스스로 커피나무를 키우고 담배밭을 가꾼다

내가 마시는 커피와 내가 피우는 담배는 그곳으로부터 오는 것이다

그것이 바로 나의 혁명이다

갈망이 빚어내는 무한의 자유, 자유가 꿈꾸는 신세계는 인간의 이기심과 대척점에 있다

세계를 떠도는 온갖 부랑자들, 지구의 내면으로 귀환하지 못하는 우주선들, 그리고 삶을 체념한 사람들

그들을 끌어모으는 단 하나의 힘은 거대한 선의의 심장으로부터 나온다

아주 섬세하고 힘센 의지의 꿈틀거림, 세계를 개선하려는 의지는 펄럭이는 한 장의 바람 속에 이미 존재한다

다만 그 바람의 의지를 읽어내는 것, 읽어내려고 하는 마음, 그것이 지금 천사의 외투를 간절히 필요로 할 뿐이다

에르네스토, 내 친구

나는 하루에 단 한 끼만을 먹는다

그것은 양식이 없어서가 아니라 하루에 한 끼만을 먹어도 인간은 여전히 꿈을 꿀 수 있기 때문이다

친구여, 누군가의 말처럼 인간은 꿈의 세계에서 내려온다

그러나 꿈의 세계에서 내려온 인간은 아직 또 다른 꿈의 세계에 안착하지 못했다

그래서 나는 지금 그대의 이름을 빌려 또 다른 꿈의 세계를 말하려고 한다

인간이 내뱉는 말들의 감옥, 인간의 언어가 내장한 참혹한 감옥으로부터 한줄기 숨결을 해방시키자

고독의 영토로부터 시작하는 신세계는 광활한 자유의 대지를 꿈꾼다

공장을 꿈꾸게 하자

시민들의 손에 총이 아닌 꿈을 쥐여주자

사랑의 감정이 감당할 수 없는 밀물이 되어 이 지구를 뒤덮게 하자

에르네스토, 내 친구

지구의 구석진 다락방에서 나는 담배를 피우며 그대가 지녔던 선의의 심장을 확장하려 한다

공장으로, 회사로, 학교로, 거리로 출근하는 그 모든 심장들에게 태양과 바람을 돌려주자

자연의 심장을 회복하여 그들에게 신선한 공기를 제공하자

가을이면 은행나무 잎들도 노오랗게 소풍을 떠나고 새들은 허공의 지친 의무에서 벗어나 지상으로 내려와 휴식을 취한다

인간의 세 치 혀가 내뱉은 악의의 말에서 벗어난 단 한 마리의 싱싱한 말을 인류의 대초원에 풀어놓자

그 말이 최초의 말처럼 인간의 대지를 달리게 하자

비가 내리는 날에는 목마른 나무들처럼 비를 맞고 눈이 내리는 날에는 내리는 눈과 악수하며 멀리서 온 눈발의 소식을 듣자

에르네스토, 내 친구

오늘은 딱딱한 구두를 벗고 운동화로 갈아 신는다

나를 신세계로 인도하는 한 장의 비밀지도처럼 아침 바람은 무한을 향해 펼쳐져 있다

가로수들은 웃으며 계절 속으로 자꾸만 걸어 들어간다

처음부터 이것이 인간의 대지였다

마지막까지도 이것이 인간의 대지로 남아야 한다

이제 고독은 세계와 협력하고 침묵은 그 모든 것을 돕는다

나는 몸을 움직여 인류의 내면에 음악을 들려준다

천사의 외투를 입고 시를 쓰며 꿈틀거리는 인류의 육체에 숨결을 불어넣는다

에르네스토, 내 친구

우리가 함께 꾸는 꿈, 우리가 함께 나누는 동지애로부터 새로운 영토가 돋아난다

그것이 인류의 본향이다

무한의 바람이 분다

무한의 사랑이 나를 흔들고 있다

정선

기 드보르는 어딘가에 집시로 살아 있고(그랬으면 좋겠네)
에밀 쿠스트리차는 자그레브와 사라예보 사이에 있네
짐 자무시는 일기예보 너머 눈 내리는 코케인에 있고
코케인은 쏟아지는 눈발과 허공 사이에 있는 한 점의 섬

장고 라인하르트는 빨랫줄에 걸려 있고
닉 케이브는 베를린의 동굴에 있네
가수리는 눈 내리는 강원도 정선에 있고
정선은 태평양과 한반도 사이에 있는 세계의 내면

가수리의 남쪽에는 그녀가 있고
그녀의 북쪽에는 내가 있네

이것은 가수리 북대 다리 난간에 걸터앉아
영혼의 동지들에게 보내는 고독의 실황 공연
여기는 라디오 레벨데 체 게바라 만세

겨울 북대

북대, 가능한 다른 세계를 생각한다

북대, 창문을 열고 눈 내리는 겨울을 바라보다가 불가능한 것의 가능성과 모든 가능성의 무한에 대하여 생각한다

길의 시작, 길은 어디에선가 시작된다, 내 신발이 향하는 곳을 길이라고 믿은 적이 있었다, 그러나 이제는 안다, 모든 길은 확장된 시선의 자유로부터 시작된다는 것을

확장된 시선이 풍경에 닿자 풍경은 새로운 행성의 지도를 보여주었다, 새로운 행성의 지도를 면밀히 관찰하는 그대는 내면에 또 다른 영혼의 제국을 건설하고 있는 것이다

눈 내리는 북대, 사랑을 믿지 않던 지나간 시간 속으로도 눈이 내린다

타오르는 불꽃과 떨어져 내려오는 눈발의 만남, 뜨거운 것들이 포옹하는 차가운 북반구의 오후에 가능한 것들의 무한한 미래를 생각한다

스웨터를 입은 새들이 날아간다, 바야흐로 겨울인 것이다

심장의 촛불은 또 밤새 타오르겠다

반복, 반복되는 상념들, 지구가 꺼지는 것은 한 자루 촛불의 불꽃이 꺼지는 것, 그대의 심장 위에 삶을 건설하고 불꽃처럼 반짝이는 새로운 행성을 맞이할 것

따스한 난로 곁에서 겨울을 난다는 것은 대부분의 사람들이 꿈꾸는 것이다, 그러나 난로가 없는 사람들이 많다, 심지어는 겨울이 없는 사람들은 더 많다

눈 내리고 바람 부는 북대, 상황은 파국적이지만 심각

하지는 않다고 자본주의의 심장은 여전히 속삭이지만 잠깐 눈을 돌려 창밖을 보면 모든 것이 심각하고 상황은 파국적이다

눈 내리고 바람 불고 추운 북대, 그러나 끝내 중요한 것은 심장의 불꽃으로부터 시작되는 것

혁명의 불씨는 선의의 심장이 일구어놓은 화덕으로부터 시작되므로 빵과 포도주와 자유를 갈망하는 인민의 심장은 언제나 모든 것의 최초의 발화점이었던 것

저녁 눈발 흩날릴 때면 성냥불로 고독을 점화하고 멀리 있는 별빛들을 바라본다

외로움을 조용히 씹어 먹고 있을 때, 누군가 침묵을 깨고 외로움 속으로 들어온다, 허나 그 누군가에게 나누어줄 외로움이 나에겐 없다, 정량의 외로움, 외로움의 정량

아무도 돌보지 않는 말들을 써놓고 시라고 우긴다, 나의 시는 그렇다

어디에선가 불어와 나를 스치며 지나가는 바람 소리, 그것이 나의 음악이다

나를 재촉하지 마라, 난 너에게 줄 것이 아무것도 없다

다시 시도하라, 또 실패하라, 더 낫게 실패하라

누군가는 인터내셔널 포에트리 급진 오랑캐 밴드를 하고 누군가는 사씨난봉기 밴드를 한다

김수영이 살아 있다면 살구씨 광란 밴드를 결성했을 것이다

그러나 나는 지금부터 고독과 더불어 단 하나의 길고

긴 내면을 횡단할 것이다, 모든 혁명은 자기만의 스웨터를 입고 있다

빛이 불꽃을 태운다

그러므로 사랑은 자기만의 불꽃을 피워 올리려는 투쟁의 한 종류이다

아주 슬픈 이야기지만 인간의 존엄성을 대상으로 하는 혁명의 방식은 상대가 최소한의 윤리를 가지고 있을 때에만 성공할 수 있다

음악에 스며들지 않는 풍경을 지금 나는 바라보고 있다, 풍경에 스며들지 않는 음악을 누군가 연주하고 있다, 세계는 각자의 스펙트럼 속에서만 세계인 것이다

모두에게 이로운 혁명이란 우리가 기꺼이 스스로에게 이방인이 되는 것이다

장소를 결정하고 글을 쓴다 그리고 음악을 집어넣는다, 그렇게 시는 완성된다

시인이 무슨 대단한 일을 하는 것처럼 호들갑을 떨 필요는 없다, 그러나 시인이 한 일은 시인이 아닌 사람이 평생 한 것보다 실제로 더 대단한 것일 수도 있다, 시인은 그 누구도 할 수 없는 일을 한다

눈 내리고 바람 불고 창문이 덜컹거리는 북대, 스웨터를 입은 선의의 심장이 지금 이 순간 혁명의 테제를 생각하고 있다

인간을 억압하는 그 모든 것에 맞서 싸울 준비를 하며 결연히 한 대의 담배를 피워 문다

고통이 발생하는 지점에 대한 정확한 판단과 그 고통을 없애려는 인간의 무의식적 욕망에 대한 당당한 지지

로서 세상의 모든 담배 연기는 결연하다

빛이 불꽃을 태울 때 또 다른 빛은 사물을 만든다

멀리서 온 눈발들이 오래되고 낡은 유리창을 닦고 있다

북대, 두 눈을 감고 은밀하고 아름다운 풍경을 바라보자

빛이 사물을 만든다

쏟아지는 눈발 한가운데를 뚫고 나무는 북대 한가운데 묵묵히 서 있다, 나무의 몸통만 보일 뿐 가지들과 이파리들은 눈발 밖으로 무한히 뻗어 있다

혁명이 태어나는 새로운 분할선, 그것은 하나의 상징이다

눈빛

어떤 날은 아침부터 장엄하다

거울을 통해 나아가며 환각을 탐색하자

일단 시작해라, 그리고 무슨 일이 벌어지는지 한번 보자

절대 멈추지 않는, 한번 할 만한 가치가 있는 일은 계속 반복할 만한 가치가 있다

삶이란 심각하게 받아들이기엔 너무나도 중요한 것이다

형편없는 시를 쓰더라도 나만의 방식으로 형편없이 쓴다는 거죠

눈이 내리는 날에는 창밖을 바라보며 시를 적는다 시는 한 척의 배 난파와 실종의 유전자를 탑재하고 있다 소리의 기상도를 따라 예민한 감각의 별들이 우주를 항

해할 때 나의 고독은 별들의 음악을 연주한다 눈이 내리는 날에는 창밖을 바라보며 무한을 횡단한다

시는 시인에게 힘의 원천이고 유일한 동맹군이며 자의적인 결정일지라도 시인이 내리는 결정의 근거가 되는 지점이다

시가 스스로 내리는 결정의 근거가 되는 지점은 술, 그대와 함께 마시는 술이 시의 유일한 동맹군

당신의 입술 속에는 눈동자가 있어요, 당신과 키스를 할 때마다 그 눈동자가 나를 지켜보고 있죠

음 그렇군!

어떤 날은 저녁까지 장엄하다

그런 날 초저녁별은 그대 언젠가 살아야 할 다른 삶의 눈빛이다

발문

당신을 내려놓고 울어요, 다른 삶으로 가요

강정 시인

> 시인은, 그 존재만으로도 이미 충분하다
> (중략)
> 시인의 이름은 모두 다르며 모든 시인의 이름은 결국 하나다
> —「파르동, 파르동 박정대」 부분

박정대는 아마도 언제나 잘 그러하듯, 일몰 풍광이 그럴싸한 서울의 한 서녘을 걸었나 보다. 대략 2013년 5월 이전 어느 날로 추정된다. 그가 동생 시인들의 이름을 부르는 것으로 새로운 낯선 저녁을 맞이한 때는.

> 돌아오는 길
> 오랑캐 집들 헤아려보니
> 지상의 별자리처럼 흩어져 있다
> 정이네 집으로 갈까

옥이네 집은 멀고
준규 집은 강 건너, 피안이다
—「드니 라방의 산책로」 부분

2013년도 마지막 분기로 접어든 현재, "정이네 집"은 사라졌고, "옥이"는 결혼과 함께 더 먼 곳으로 이사했으며, "준규 집은 강 건너, 피안"에서 강 이편으로 옮겨왔다. 그래도 여전히 "정이네 집"과 "옥이네 집"과 "준규 집"은 이 세상 어디에 존재할 것이다. 그곳들은 어느 개인의 실제 거처인 동시에 "별자리처럼 흩어져 있"는, 그리하여 고독을 사발면 삼아 끓여 먹은 박정대가 담배 연기를 깃발처럼 휘날려 호출하는 영혼의 이동건축물들일 테니. 바로 그곳, 그 누구도 '이곳이 그곳이다' 정확히 점찍을 수 없는 "목책 저 너머"의 "속수무책"인 "밤하늘"(같은 시) 아래에서 나는 이 글을 쓴다. 날은 추워졌고 좁은 방 한구석에 팽개쳐진 낡은 가구들은 새벽 인력시장에 모인 가난한 남정네들처럼 풀죽은 낯빛이다. 그것들과 긴 밤을 보내야 하는 나는 "거대한 고독이 출렁거리는 슬픔에 닿"(「애도 일기」)아 사물들에 투과된 보잘것없는 연민을 하늘로 띄워 보내기 위해 창을 살짝 열어둔 상태. 어두운 나무들 사이로 활강하는 바람이 차다. 멀찍이 별이 보인다. 무언가를 잊으려, 잊었던 것의 물리를 단 한 줄의 바람 속에 유일무이한 형상으로 감득했다가 끝끝내 지우려, 울울해진 심정을 담배 연기로 흘려 내보낸다. "망각의 모든 형태는 그렇게 밤하늘로 흩어"(「녹색 순환선」)진다.

*

박정대의 시에 관한, 아니 박정대에 관한 글을 나는 두어 번 공개한 적 있다. 시집 뒤에 붙는 민망하고도 우매한 글들이었다. 모두 박정대의 결곡한 부탁에 의한 것이었다. 첫 번째는 안면을 튼 지 얼마 안 된 무렵. 그는 새로운 시집을 준비 중이었다. 그는 시집의 제목을 '체 게바라 만세'로 하려고 했었다. 그 말을 했더니 사람들이 웃더란다. 그래서 그도 웃었더란다. 결국 그 제목은 채택되지 못했고, 『사랑과 열병의 화학적 근원』(뿔)이라는, 별로 안 웃긴 듯하나, 어딘가 석간수처럼 웃음이 맺히는 제목의 시집이 출간됐었다. 나는 그 책의 뒤에 그의 어법을 '흉내 낸'(내겐 천성적으로 가여운 원숭이의 섬약한 모사본능이 있다), 발문이라고도 해설이라고도 할 수 없는 생뚱맞은 글을 실은 적 있다. 몇 년 후 그는 다시 '체 게바라 만세'라는 제목의 시집을 준비했다. 그러나 그때에도 실패했다. 대신, 그는 이런 구절을 시집에 실었다.

> 시집 제목을 체 게바라 만세로 하자고 했더니 사람들이 웃었다. 그래서 나도 웃었다.
>
> — 「언제나 무엇인가 남아있다」 부분(『삶이라는 직업』, 문학과지성사, 2011)

그러한 사연을 알고 있던 나는 그 시집의 뒤에 「그럼에도 불구하고……체 게바라 만세」라는, 역시 발문이라고도 해설이라고도 할 수 없는 '막글'(?)을 첨언했다. 첫 번째의 서먹함과 달리 기꺼움의 발로였다는 게 다른 점이라고나 할까. 어쨌든, '체 게바라 만세'라는 제목이 왜 우스운지 여전히 이해가 안 가는 상황에서 그와 나는 무시로 만났고, 술을 마셨고, 남들은 잘 웃지 않는 '심원'한 개그를 장이야 멍이야 나누었으며, 지천명을 앞두고도 건강관리엔 무지한 서로의 철없음을 낄낄거리며 타박했다. 그러던 차에 그가 다시 시집 뒤의 글을 부탁했다. 몇 차례 대뜸 사양했다. 쓰기 싫어서는 아니라고 둘러쳤지만, 그게 아니면 왜 싫은데, 라는 말에는 딱히 대답할 말이 없었다. 소위 문단 관행과 관련한 사람들의 시선과 수군거림이 싫어서라는 변명은 나 자신도 하기 싫었다. 엄마 아버지한테 안부전화도 잘 안 넣는 주제에 '문단? 그까짓 게 뭔데?'라는 건 그와 내가 늘 공감하는 사항이다. 그러니 속수무책이었다. 책 중에 가장 많은 게 쓰여져 있는 책이 속수무책이라는 따위의 말수작이 이어졌다. 그러면서 계속 뺐다. 누구에겐지도 모를 공연한 실례를 저지르는 기분 탓이었다. 허나 그는 완강했다. 술이 오르면 차양 아래 숨은 빛처럼 다른 세계를 원망(願望)이라도 하는 양 그윽해지는 그의 갈색 눈동자를 한참 들여다보다가 어두운 물속에 잠기듯 수락했다. 그때 불쑥 떠오른 생각이 나는 가난하니까, 였다. 불혹을 넘기고도 푼돈과 하룻밤 잠자리 때문에 영혼의 분란을 겪는 나를 아껴주는 건 결국 나 자신을 비롯, 그 언저리에서 여전히 날 지켜봐주는 몇몇 비슷하게 가난한 떠돌이들뿐이니까. 그리하여 가난한 자는 또 다른 가난한 자의 선의와 부탁을 고스란히 받아 안을 책무가 있으니까. 뭐 그런 생각을 하며 연유를 알 수 없는 나의 고집과 타협했다. 어떤 점에서 나는 나 아닌 다른 시인의 영혼을 먼저 훔쳐보고 그것에 대해 멋대로 누설하는 권리를 오만하게 누리고 싶었던 건지 모른다. 이것은 부끄러운 자만인가. 그렇더라도 나는 그 부끄러움을 사랑하겠다. "죽음과 가까이 있었지만 죽음과 손잡지 않"(「녹색 순환선」)은 한 시절을 이렇게 보상받는다고 끝끝내 믿어 의심치 않으면서. 어쨌거나 이번엔 진짜 시집 제목이 『체 게바라 만세』다. 박정대의 무연한 끈기에게도 만세.

*

자신을 3인칭으로 지칭할 수 있게 되었을 때, 진짜 문학을 할 수 있다, 라고 말한 건 카프카였던 것 같다. 내가 직접 카프카를 읽다가 메모한 구절은 아니고 정확한 워딩도 아닐 것이다. 어쩌다 우연히 주워 읽은 구절일 뿐이다. 온라인인지 오프라인인지, 어쿠스틱인지 일렉트로닉인지도 분명하지 않다. 카프카를 마지막으로 읽은 건 20년도 다 되어가니 그사이 대뇌를 일별하고 지나간 수많은 문장들 중 일부인지는 나도 장담 못 할 일이다. 여하간, 문학이 나를 통해 나의 바깥을 말하거나 나의 바깥을 통해 나를 '그'로 지칭하는 일이라는 건 오래전부터 공감하던 바다. 단순한 공감 정도가 아니라, 어쩌면 문학의 숙명이 거기에 있다고도 생각한다. 참회와 변신 욕구, 끊이지 않는 (안으로든 밖으로든) 여행 충동과 낯선 모험에의 갈망도 크게 보아 그러한 궁극의 인칭 변전으로 나아가기 마련이다. 내가 나라는 것을 고스란히 인정하거나 용서할 때, 과연 문학은 필요할까. 자신에 대한 환멸이나 불만족을 얘기하는 게 아니다. 이곳 아닌 어딘가, 지금의 삶 아닌 다른 삶, 심지어 내가 살아보지 않은 시절의 나를 현세에 발견하고 끊임없이 좇아가는 자의 미망과 정열이 아니라면 문학은 그저 순간을 모면하거나 위무받기 위한 언어적 기만에 불과할 것이다. '다른 나', 그리고 '나라고 불리는 그'는 삶의 일차적 동기에 의해 조장되어지는 허상이 아니다. 그것들은 마치 저물녘의 그림자와도 같아 현재의 발걸음이 문득 앞이 아니라 뒤, 바깥이 아니라 안으로 휘말려 들어올 때 무시로 발견되는 현재의 또 다른 잠상(潛像)들이다. 문학은 그 숨어 있는 잠상을 언어를 통해 인화해내는 영혼의 물리학과도 같다. 그 잠상들은 한 인간의 현재를 거슬러 과거의 인물, 그리고 미래의 현상들을 현재의 어느 축도(縮圖) 속으로 두껍게 덧칠하여 세계의 실제 밀도를 교란한다. 그 안에서 나는 '그'가 되고, 실재하지 않던 '그'의 혼이 나의 입을 빌려 세계의 숨겨진 말들을 토해내게 하는 일. 그 일은 허망하지만 반복적이고, 황홀하지만 점멸한다는 점에서 섹스와도 같다. 아울러 삶의 현세적 법도를 부지불식 망각케 하고 죽은 자의 이름을 자꾸 되뇌게 한다는 점에서 무당의 지병과도 닮았다. 무당의 섹스란 결국 귀신을 불러 산 사람을 달래고 산 사람을 들쑤셔 귀신의 출몰을 추동하는 것 아니던가. 그것은 결국 나의 잠정적 죽음을 통해 한 세상의 죽음을 추체험하는 일과도 같다. 박정대가 초지일관 읊어대는 '혁명'과 '고독', 그리고 그것들의 발인자로서 두서없이 나열되는 그 많은 고유명사들은 현세에도 영원히 죽지 않는 모반의 공모자들로서 이 세계를 참견하고 시비 걸고 불안하게 한다. "오랑캐"들은 그렇게 몰려왔다가 무한한 점선으로 흩어져 사라진다. 담배 한 대 물고, 흡사 존재 자체가 한 줄기 연기(煙氣)인 양. 능숙하진 않지만, 발현되는 순간 전 존재를 뒤바꿔 다른 것이 되는 불사의 연기(演技)인 양. 훅. 쓰다. 그래도 계속 입에 물게 된다. 이 오염된 숨결은 그러나 때로 얼마나 질박하게 당장의 고통과 쓰디씀을 중화시켜 먼 하늘로 날려 보내던가. 그러니 한 대 더. 훅. 삶이, 죽음이, 한 호흡 안에서 어둡게 확산한다. 그렇게 쓰여진 게 아니라면, 토막 난 글줄로 어혈진 심장에 연고나 바르려드는 그 숱한 미문과 훈담들을 과연 시라 일컬을 수 있을 것인가.

나는 왜 그들의 삶을 다시 들여다보는가

(중략)

자신을 둘러싼 이 세계가 바뀌지 않는다면 열악한 개인이 할 수 있는 일은 무엇일까

세계를 개선하려는, 혁명하려는 지난한 사투이거나 자신의 몰락을
구체적으로 실현하는 것 외에 개인이 할 수 있는 일은 없으리라

(중략)

미래라는 말의 허위성, 현재라는 말의 불가해성, 과거라는 말의 어폐,
모든 시간은 흘러가지도 다가오지도 않으며 혼재해 있을 뿐이다

나는 혼재된 시간의 한 모서리에서 영혼의 동지들을 본다
—「오직 사랑하는 자만이 살아남는다」 부분

프랑스 감독 레오 카락스가 오랜만에 만든 영화 <홀리 모터스>를 홀로 모퉁이 골방에서 봤었다. 레오 카락스의 페르소나라 불리는 배우 드니 라방의 늙은 모습을 볼 수 있었다. 이십 대 때 나는 그 배우를 좋아했었다. 나 말고도 많은 이들이 그를 좋아했을 것이다. 20세기 말, 그는 백 년의 시간을 건너뛰어 영상으로 재창조된 랭보와 보들레르의 시구 같은 장면들을 연기했었다. 예쁘기도 추하기도 하고, 악마 같기도 천사 같기도 했다. 아이의 표정으로 노인의 말을 지껄이기도 하고, 남자의 객기로 여자의 슬픔을 과장하기도 했다. 사랑과 배신, 고독과 환멸, 살인과 구원 따위의 테마를 그 단어 자체와는 무관한 본성으로 뜨악하게 펼쳐 보이는 그의 연기를 보면서 시 쓰는 일의 허망함과 시를 삶의 본질적 기술로 체화하려는 자들의 지난한 환희와 고통을 엿보았었다. 그리고 그

들을 무지몽매 따라 하려드는, 만 스무 살의 병든 고양이 같은 내 얼굴을 거기에 겹쳐보려 애썼다. 무대 뒤의 안간힘과 지리멸렬을 모두 들여다봤음에도 불구하고 무대를 떠나지 못하는 천생 배우의 고독 같은 걸 그때 느꼈었던 듯하다. 그게 왜 그렇게 매혹적이게 슬프고 아련했을까. 그래서 아름다웠을까. "자신의 몰락을 구체적으로 실현"하려는 자의 광기와 고독을 몸에 붙이려고 안달하던 그때가 아직도 또렷하다. 또렷할 뿐 아니라 더 분명하게 만져지고, 더 저릿하게 삶의 지반을 흔들며 이 삶이, 이 삶 안에서 다른 삶의 그림자가 될 것이라 분명히 믿게 된다. 문득, 연기란 자신에 대한 혐오와 애증과 미혹의 터널 깊숙이 들어가 스스로 빛을 내는 일이라는 둥의 단상을 별로 매무새가 좋지 않은 말들로 어느 날의 노트에 속기했었던 기억이 떠오른다. 이것은 「드니 라방의 산책로」에서부터 시작하는 박정대의 새 시집을 읽다가 얼결에 추인하는 나의 현존이다. 어차피 누군가의 시집이란 그것을 읽은 자의 배면의 일기로 시간 경계 넘어 자욱하게 작용하기 마련. <홀리 모터스>가 내가 이십 대 때 보고 느꼈고 마흔이 넘은 지금에도 버리지 못하는 세계의 기초 모델을 보다 원숙한 시선으로 보여줬던 영화였던 것처럼, 박정대의 시집은 내가 오래 품고 있으면서도 아직 말하지 못했거나 다른 방식으로 말했던 것들을 그의 이름으로 발설한 나의 그림자나 마찬가지다. <홀리 모터스>에서 드니 라방이 멀쩡한 사업가의 일상을 버리고 광대와 걸인, 광인과 암살자 등 아홉 개의 삶을 하루 동안 겪듯, 박정대의 시집 안에서 나는 이 삶을 끊임없이 변주하는 다른 누구다. 나는 '그'를 암살하거나 사랑하거나 저주한다. 이것은 문학이 한 개인에게 갖출 수 있는 최선의 예의이자, "아직 지상에 닿지 못한 숨결의 시"를 "애도"하는, 시를 통해 저지를 수 있는 자신에 대한 최선의 배리이다. 시는 그 자신의 뒷모습으로 세계를 투과시키는 일. 정작 시인을 제대로 알아보려면 뒷모습을 잘 살펴야 한다. 앞모습은 또렷이 볼수록 더 잘 숨겨지는 '그'의 가면이므로.

"모든 것은 실체가 없"고, "사랑할 때만 실체가 돋아나는 종족"이 "속삭이는 언어"가 다름 아닌 "시"(「시」)이므로. 다른 영토를 침범한 "오랑캐"들이 맨 처음 하는 일이 낯선 땅에 자신의 씨를 뿌리는 일이듯, 그리하여 이전과는 다른 "종족"의 지도가 현세의 지도를 바꾸듯, 그렇게 가면으로 굳어버린 얼굴을 그림자로 지워버리는 일. 이 광막한 난봉의 역사는 스스로를 홀로 가둬둘수록 넓어지는 '고독'의 주파수에서 출발해 점령되자마자 다른 땅이 되어버리는 초유의 벌목지처럼 '혁명'의 무구한 끝을 지향한다. 시와 혁명이 온전하게 그 자체의 의미와 생명력을 영원히 장착하려면 끝끝내 실패해야 하는 숙명을 긍정해야 한다. 갈증과 허기와 탐욕의 "오랑캐"가 왕좌에 앉아 비만한 아랫배를 추스르는 일 따위 꿈꾸지도 말자. "자신의 몰락을 구체적으로 실현하는 것 외에 시인*이 할 수 있는 일은"(첨자는 인용자의 변용 및 강조) 아무것도 없으므로. 그러므로 한 번 더 반복. 체 게바라 만세.

나의 음악은 울음으로부터 시작되었다고
밥 말리는 말했던가요
나의 음악은 아직 시작되지도 않았는데
나의 울음은 이미 끝나버렸네요, 율리아나
아부데바의 피아노 연주곡을 들어요
다른 삶을 살고 싶어요
이곳이 아닌 다른 행성으로 이주하고 싶어요
아무도 아는 이 없는 낯선 곳에서의 삶
그림자가 끝난 곳에서의 새로운 삶
레게 머리를 출렁이며 공을 차고 싶어요
스프링으로 묶인 누런 갱지 노트에 시를 쓰며
이동 천막에서 매일매일 다른 삶을 살고 싶어요
바람이 불 때마다 출렁이며 새로 시작되는 삶
바람이 불지 않아도 여전히 펄럭이는
중력과 무관한 삶
나를 따라다니던 그림자를
이젠 조용히 여기에 두고 떠나요
내가 좋아하는
고독의 돌멩이 하나만 가방에 넣고
다른 삶으로 가요, 그래요
—「다른 삶을 살고 싶어요」 부분

박정대의 시집은 늘 그래 왔듯, 어느 한편의 독자적 울림으로 개별성이 강화되지 않는다. 그의 시집은 '통'으로 울린다. 그것은 마치 구멍은 작고 어두우나 그 안의 공간은 유현하게 넓은 무슨 악기의 공명통과도 같다. 가장 뒤쪽의 한 줄을 건드리면 스쳐 지나왔던 앞쪽의 문장들이 덩기덩 울린다. 중간의 아무 한 줄을 건드리면 앞뒤에서 잠열하던 문장들이 전원을 먹은 앰프 스피커처럼 고압력의 데시벨로 덩더쿵 울린다. 이렇게 한 줄 한 줄이 그 자체로 반복적이면서 한 문단 한 문단이 그 자체로 독자적인 음색과 뉘앙스로 조밀하게 펼쳐지는 시집은 다 읽어도 안 읽은 것 같고, 몇 줄만 훑어도 전부를 통찰한 것 같은 기분에 사로잡히게 한다. 그러니 이런 시집은 완독이 불가능하다. 섬세한 독해나 개념적 분별이 무용하다. 어떤 촉각이나 예민한 호흡 안에서 손으로 훑고 눈으로 떠낸 문장들의 일사불란한 이동과 점성 깊은 파동에 몰두하면 그뿐이다. 그래서 이런 시집은 늙지도 낡지도, 잊히거나 유명해지지도 않는다. 그저 무던하게 자신의 삶을 살아가는, 그러면서 그 자신 삶의 힘으로 고요하게 빛을 발하는, '모두이면서 하나'인 누군가의 눈빛을 떠올리게 한다. 박정대는 그저 자신의 호흡으로 다른 이름들을 부르며 그들이 그들 자신인 동시에, 그것을 부르는 자의 다른 이름이 되게 만든다. 그가 그 스스로 얘기할 때조차, 그는 혼자가 아니다. 나아가 그 자신만도 아니다. 그리고 그것을 읽는 나도 그렇다. 이 말을 듣는 그대들도 아마 그럴 것이다. 그렇지 않다고? 그렇다면 당신은, 굳이 박정대가 아니더라도, 당신 삶의 빈 벌초지대를 점령하고 들어올 어느 다른 "오랑캐"에게 조만간 그 오만한 순결을 잃을 것이다. 조심하라. 시는 그 누군가의 첨예하게 방어된 뒷모습을 강탈하고 들어오는, 세상에서 가장 고요한 협박

일 수도 있으니. 당신은 어쩌면 "그 먼 바람의 끝에서 아주 작은 미련이며 꿈조차도 딱딱한 사물로 환원시키며 환멸도 환상도 그 무엇도 아닌 정직한 하나의 사물로 고요히 남"(「여기는 낡았고, 여기는 새로우며/여기는 더 이상 그곳이 아니다」) 아 있는 당신의 뒷모습이 당신이 여태 살아온 삶과는 전혀 다른 방향으로 오래도록 홀로 내달리고 있었다는 사실을 깨닫게 될지도 모른다. 별이 멀다. 멀 수밖에. 그것은 당신이 언젠가 살아야 할 "다른 삶"의 눈빛이므로. "다른 삶으로 가요, 그래요". 아니 간다 한들 어쩌겠는가. 당신이 걷고 있는 매 순간의 그 걸음, 그 천형의 움직임 자체가 이미 그 순간부터 당신 자신을 배반하고 있는 걸. 끝

달아실어게인 시인선 01

체 게바라 만세

1판 1쇄 발행 2023년 3월 30일

지은이 박정대
발행인 윤미소
발행처 (주)달아실출판사

책임편집 박제영
디자인 전부다
법률자문 김용진, 이종진

주소 강원도 춘천시 춘천로 257, 2층
전화 033-241-7661
팩스 033-241-7662
이메일 dalasilmoongo@naver.com

출판등록 2016년 12월 30일 제494호

ISBN 979-11-91668-68-1 03810